BIONICLE®

Le mystère de Metru Nui

BIONICLE®

TROUVE LE POUVOIR,
VIS LA LÉGENDE.

La légende prend vie dans ces livres passionnants de la collection BIONICLE® :

1. Le mystère de Metru Nui
2. L'épreuve du feu
3. Sous la surface des ténèbres
4. Les légendes de Metru Nui

BIONICLE®

Le mystère de Metru Nui

Greg Farshtey

Texte français de Brigitte Fréger

À Evan, qui agit, chaque jour, comme un véritable héros,
de la part de son meilleur ami.
— G.F.

Catalogage avant publication de Bibliothèque et Archives Canada

Farshtey, Greg
Le mystère de Metru Nui / Greg Farshtey;
texte français de Brigitte Fréger.
(Bionicle)
Traduction de : Mystery of Metru Nui.
Pour les jeunes de 9 à 12 ans.
ISBN 0-439-95855-5

I. Fréger, Brigitte II. Titre. III. Collection.

PZ23.F28Mys 2005 j813'.54
C2004-907357-5

Édition publiée par les Éditions Scholastic,
175 Hillmount Road, Markham (Ontario) L6C 1Z7.

5 4 3 2 1 Imprimé au Canada 05 06 07 08

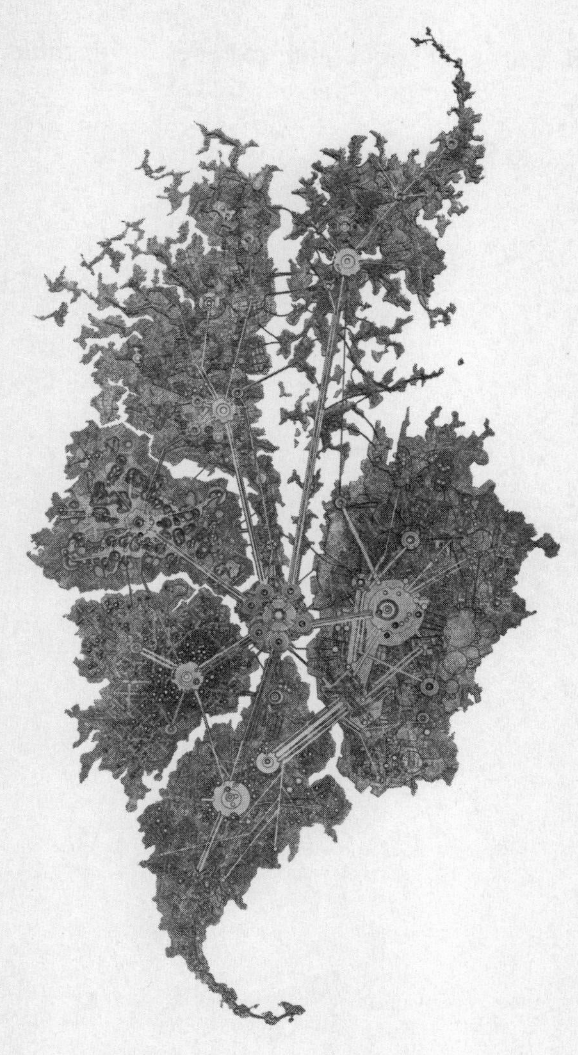

La cité de Metru Nui

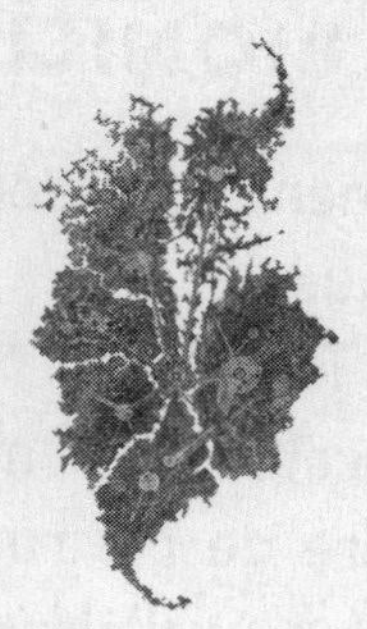

INTRODUCTION

Turaga Vakama, sage du village de feu de Mata Nui, observait la plage, du sommet d'une haute falaise. Au loin, en contrebas, les Matoran de toute l'île s'affairaient à la construction de bateaux pour le long voyage de retour.

Vakama secoua la tête. La mère patrie. Cela faisait une éternité qu'un des leurs ne l'avait vue, et les Matoran ne se souvenaient même plus d'avoir vécu ailleurs qu'à Mata Nui. Seuls les sages des six villages se rappelaient encore quand et pourquoi ils avaient débarqué sur cette île pour la toute première fois et, pendant des milliers d'années, ils avaient enfoui ce secret au plus profond d'eux-mêmes.

Entendant quelqu'un s'approcher, le Turaga se retourna. C'était Tahu Nuva, le Toa du feu et chef des héros de Mata Nui.

— Alors, comment se déroulent les travaux, Turaga? demanda Tahu.

— Plutôt bien, Toa Tahu. Nous aurons bientôt suffisamment de bateaux pour nous transporter tous jusqu'à la cité insulaire de Metru Nui. Les Po-Matoran ont entrepris des travaux d'élargissement des tunnels afin que nous puissions transporter les bateaux jusqu'à la mer souterraine.

Tahu hocha la tête tandis qu'il se remémorait les événements des derniers mois. Après l'affrontement final avec Makuta, le maître des ténèbres, les Toa avaient découvert une nouvelle île, loin sous la surface de Mata Nui. L'île se trouvait au centre d'une mer argentée de protodermis et, du rivage, on pouvait à peine en apercevoir les contours. Néanmoins, Vakama était persuadé que cet endroit était Metru Nui, le lieu d'origine des Matoran, où ils devaient retourner.

Plus surprenant encore, le Turaga avait révélé aux Matoran que Metru Nui avait jadis été la terre de six autres Toa, des héros qui avaient vécu bien longtemps avant l'apparition de Tahu et de ses compagnons. Mais Vakama n'avait rien dit de ce qu'il était advenu de ces premiers « Toa Metru », ni s'ils attendaient encore à Metru Nui.

— J'ai tenu un conseil avec les autres Toa, fit Tahu.

Je suis venu vous demander de nous raconter tout ce que vous savez de cette nouvelle terre, Metru Nui. Si nous devons nous y rendre pour assurer la protection des Matoran contre toute menace qui pourrait planer sur l'île, nous devons connaître parfaitement l'endroit.

Vakama s'éloigna du bord de la falaise.

— Il le faut, en effet. Mais je te préviens, Tahu : les légendes de Metru Nui parlent de sacrifice, de trahison, d'un terrible danger et aussi, c'est vrai, de héros. Sache que la révélation de ces légendes risque de changer radicalement tout ce que tu penses savoir de moi, des autres Turaga et des Matoran que tu as servis tout ce temps.

— Je... Nous sommes prêts à entendre les légendes, Turaga, répondit Tahu. Les Toa se sont réunis au Grand temple de Kini-Nui. Ils n'attendent plus que vous.

— Alors, ne les faisons surtout pas attendre plus longtemps.

Les sept Toa – Tahu, Kopaka, Gali, Pohatu, Onua, Lewa et Takanuva – se tenaient, silencieux, autour du Cercle d'Amaja. Les Turaga avaient utilisé, à maintes reprises, cette sablière et les pierres qui la recouvraient pour raconter les légendes du passé et prédire l'avenir.

Le Turaga du feu plaça la pierre représentant Mata Nui au centre du cercle et commença son récit :

— Dans la nuit des temps, bien longtemps avant qu'un Matoran ait posé le pied sur l'île de Mata Nui, il existait une cité de légendes. Voici maintenant la première légende de Metru Nui…

Kapura parcourait, à pas lents, la périphérie du quartier de Ta-Metru, les yeux rivés sur le sol. La plupart des maisons et des usines de cette zone du metru avaient été abandonnées récemment, les habitants s'étant rapprochés du centre du quartier. Kapura était chargé de s'assurer que rien d'important n'avait été oublié.

Il s'arrêta devant un bâtiment massif noirci, qui avait autrefois abrité une forge. Ici, des outils de construction et d'autre matériel avaient été fabriqués à partir de protodermis en fusion, avant d'être envoyés à Po-Metru pour la finition. Récemment, par mesure de sécurité, l'atelier avait été transféré loin de la périphérie de la cité, sur ordre de Turaga Dume, le sage de la cité. Kapura remarqua, sur le sol, un bâton utilisé pour jouer au koli; il se baissa pour le ramasser, mais quand il s'aperçut que le manche était fendu, il décida de le laisser là.

Il reprit sa marche. Ses collègues lui avaient dit que

cette tâche était très importante; il fallait donc qu'il procède lentement et méticuleusement.

Si Kapura avait levé les yeux, il aurait aperçu, au loin, la silhouette de Ta-Metru, « la cité des constructeurs ». Des usines en forme de cônes, roussies par des années d'usage, côtoyaient les maisons des forgerons et des artisans. Ces Matoran étaient chargés de mouler le protodermis – la substance dont tout était fait sur Metru Nui – pour lui donner des milliers de formes. Une rivière de protodermis brut en fusion, qui prenait sa source en contrebas de la cité, traversait le centre du quartier avant d'aller alimenter le Grand fourneau. À partir de là, elle empruntait le chemin de chaque usine, où le protodermis était transformé en masques, en outils et en tout autre objet utile.

À l'horizon se dressait l'imposant Colisée, siège de Turaga Dume et le plus haut bâtiment de Metru Nui. D'aussi loin que les Matoran se souvinssent, la vue du Colisée leur avait procuré un sentiment de sécurité. Maintenant, la situation avait changé…

Kapura comptait lentement tout en marchant. Six, sept, huit – au moins huit des ouvriers de son usine avaient disparu récemment. Personne ne savait pourquoi, ni où ils étaient maintenant. Mais toutes sortes de rumeurs circulaient.

Le Matoran s'arrêta. Quelque chose bougeait sur sa droite. Il entendait un bruit de glissement, comme si quelque chose se traînait sur le sol. Ce n'était sûrement pas un autre Matoran, ni même une bête sauvage Rahi. Le bruit s'intensifia et sembla se multiplier. Kapura fut pris d'une envie folle de courir, mais ses pieds ne lui obéissaient plus.

Le Matoran se força à se retourner pour regarder. Il vit alors quatre épais sarments de vigne, torsadés et noircis, sortir du sol, puis onduler dans l'air comme s'ils hésitaient sur la voie à suivre. Ils se dirigèrent finalement vers l'usine désaffectée, autour de laquelle ils s'enroulèrent jusqu'à l'envelopper complètement.

Kapura écarquilla les yeux devant le spectacle des sarments pressant sur le bâtiment. Le protodermis s'effrita sous la pression. Puis le bâtiment émit une sorte de grognement et se fissura, avant de se désagréger. Tout cela n'avait pris que quelques secondes. Comme s'ils étaient satisfaits de leur travail, les sarments de vigne lâchèrent prise et se dirigèrent vers un autre bâtiment.

Kapura retrouva enfin la voix, mais, horrifié, il ne put que murmurer :

— La Morbuzakh.

* * *

Dans un autre quartier de la cité, un deuxième Matoran pensait aussi à la redoutable plante Morbuzakh. La plante apparaissait dans les zones périphériques de la cité depuis quelque temps, détruisant les structures et forçant les habitants à s'enfuir. Personne ne savait d'où elle venait ni comment l'arrêter. On savait seulement que tous ceux qui avaient osé s'attaquer à la Morbuzakh avaient disparu à jamais.

Cependant, ce deuxième Matoran ne se souciait pas des dommages causés par la plante. Son attention était plutôt concentrée sur une plaque ornée d'une sculpture particulièrement intéressante. Dans la scène qui y était représentée, on pouvait voir six disques combinant leur pouvoir pour combattre une racine gigantesque de la Morbuzakh. Des disques, il y en avait en abondance à Metru Nui. Nommés Kanoka, dans la langue des Matoran, ils étaient fabriqués dans chaque metru. Les Kanoka servaient principalement au sport, mais les Matoran les utilisaient aussi pour se défendre contre les Rahi. Les disques qui possédaient le niveau de pureté et de puissance voulu étaient forgés pour créer des masques de puissance. Le Matoran était convaincu que les six disques de la sculpture ne représentaient pas des Kanoka ordinaires. Il devait s'agir des six Grands disques de la légende.

Sous la représentation de chaque Grand disque figuraient le nom du quartier de la cité dans lequel il se trouvait, ainsi que le nom d'un Matoran : Nuhrii, Ahkmou, Vhisola, Tehutti, Ehrye et Orkahm.

Lorsqu'il eut enfin fini d'examiner la sculpture, le Matoran se tourna vers Nidhiki, l'étrange créature à quatre pattes qui l'avait amené ici.

— Qu'est-ce que je suis censé faire? lui demanda-t-il.

— Je pense que c'est évident, siffla Nidhiki, qui se tenait dans l'ombre. Empare-toi des six Grands disques, peu m'importe par quel moyen. Et remets-les-moi pour que je les emporte… en lieu sûr.

Le Matoran fronça les sourcils.

— S'ils existent vraiment, ce sont les six disques Kanoka les plus puissants de Metru Nui. Ils n'ont donc pas de prix. Qu'est-ce que ça va me rapporter, à moi?

— Tu seras bien récompensé, répondit Nidhiki avec un sourire mauvais. Et si tu réussis, tu en retireras un autre avantage : je te laisserai en paix.

— Bon, bon, j'ai compris. Mais pourquoi est-ce si important? Même si ces Matoran pouvaient mettre la main sur les Grands disques, ils n'oseraient pas tenter d'arrêter la Morbuzakh par eux-mêmes.

— Ce ne sont pas les Matoran qui nous inquiètent, répliqua la créature. Ce sont les soi-disant héros – les Toa Metru. Les six Toa Metru.

Sur ce, Nidhiki partit. En le regardant s'éloigner, le Matoran songea : *Six Toa Metru? Comment est-ce possible?*

Quelques instants plus tôt, ils étaient tous des Matoran. Les six étrangers, provenant chacun d'un metru différent et répondant à un appel au secours de Toa Lhikan, le héros de Metru Nui, s'étaient réunis et venaient d'être métamorphosés, au cœur du Grand temple de Ga-Metru. À la place des six Matoran se tenaient maintenant six Toa Metru.

Whenua, autrefois archiviste à Onu-Metru et maintenant Toa de la terre, exprima, à voix haute, la pensée de ses compagnons :

— Pourquoi transformer des Matoran comme nous en Toa?

— Parce que des temps incertains planent à l'horizon, répondit Nuju, ancien prophète devenu Toa de la glace.

Vakama, l'ancien maître-fabricant de masques de Ta-Metru et nouveau Toa du feu, baissa les yeux pour examiner sa nouvelle apparence. Il n'arrivait pas à croire qu'un tel pouvoir lui eût été octroyé. Quelque temps auparavant, Toa Lhikan, le protecteur de la cité, lui avait remis un artefact puissant, qu'on appelait une pierre Toa, ainsi qu'une carte indiquant le chemin à suivre pour se rendre à un endroit précis du Grand temple. Toa Lhikan avait ensuite été capturé par deux créatures étranges, l'une à quatre pattes et l'autre, gigantesque et puissante. Exécutant le dernier souhait du protecteur de la cité, Vakama avait apporté la pierre Toa au temple, où il s'était retrouvé en présence de cinq autres Matoran investis d'une mission semblable.

Ils avaient tous déposé leur pierre sur la châsse dédiée aux Toa. Sous leurs yeux, les pierres Toa s'étaient animées, puis s'étaient élevées dans les airs. Des rayons d'énergie élémentaire avaient alors fusé des pierres, baignant les Matoran de lumière, les métamorphosant et leur octroyant le pouvoir. Lorsque tout avait été terminé, les Matoran étaient devenus des Toa Metru, gardiens prédestinés de Metru Nui.

Mais sommes-nous prêts à accomplir cette mission? Suis-je prêt, moi? se demanda Vakama. Il n'avait pas de réponse.

Les autres Toa avaient commencé à choisir leurs outils parmi tous ceux qui reposaient dans un compartiment situé à l'intérieur de la châsse suva. Vakama regarda ce qui restait et choisit un puissant lanceur de disques Kanoka. C'était un modèle plus grand que celui qu'il avait déjà utilisé pour jouer au koli. Avec cet objet familier entre les mains, il se sentit soudain plus à l'aise dans sa nouvelle peau.

Matau, le Toa de l'air, éclata de rire.

— Excellent choix, fabricant de masques... pour quelqu'un qui veut pratiquer les jeux des Matoran.

— Hé! Regardez ça! lança Onewa, le nouveau Toa de la pierre.

Il plongea les mains dans le compartiment à outils et en retira six disques Kanoka. Tous de couleurs différentes, ils portaient chacun l'effigie d'un masque de puissance. Mais l'attention des nouveaux héros fut surtout attirée par le fait que les masques étaient identiques à ceux qu'ils portaient.

— Qu'est-ce que ça signifie? demanda Nokama, la Toa de l'eau.

— Que nous n'avons sans doute pas été choisis par hasard pour cette mission, suggéra Vakama. Il se peut que ce soit notre destin.

— Est-ce que Toa Lhikan t'a dit à quoi nous pouvions nous attendre? demanda Whenua. Qu'est-ce que nous sommes censés faire maintenant que nous sommes des Toa?

Nokama et Onewa se rapprochèrent, ne voulant rien perdre de l'échange.

— Toa Lhikan a dit… commença Vakama.

Et soudain, son esprit fut ailleurs. Il vit la nuit qui dévorait le jour, et Metru Nui anéantie, puis miraculeusement reconstruite. Six disques Kanoka sortirent des ténèbres et foncèrent droit sur lui, le forçant à se baisser vivement pour les esquiver.

Les disques passèrent en flèche, puis flottèrent dans les airs avant de bombarder la plante Morbuzakh de leur pouvoir. Sous l'effet de leurs énergies, la plante se flétrit et mourut. Leur mission accomplie, les Grands disques se fusionnèrent pour ne plus former qu'un Disque au pouvoir immense…

Puis la vision disparut. Néanmoins, le frisson dont était secoué Vakama lui confirma qu'il n'avait pas rêvé.

— Metru Nui a été anéantie, je l'ai vue! Six Grands disques fonçaient droit sur moi et…

— Merci de nous faire partager tes rêves, railla Matau en secouant la tête.

— Non, nous devons les retrouver! répliqua Vakama. Ils peuvent vaincre la Morbuzakh et libérer la cité du danger. Nous prouverons ainsi que nous sommes dignes d'être des Toa Metru!

Ses compagnons le dévisagèrent, certains d'entre eux sceptiques, mais les autres désirant visiblement le croire. Ils avaient tous entendu les légendes au sujet des Grands disques. On disait que les six disques possédaient un énorme pouvoir, mais on ne savait pas où ils se trouvaient, seulement qu'un Grand disque était caché dans chaque metru. Si les disques étaient utilisés par quelqu'un de bien intentionné, ils pouvaient rendre le monde meilleur. Mais s'ils tombaient entre les mains d'un être démoniaque, Metru Nui et tous ses habitants risquaient de disparaître à jamais.

— Alors, nous allons les trouver, déclara Nokama. J'ai vu une sculpture dans le temple qui pourrait nous être utile. Il y est écrit qu'on peut trouver les Grands disques en cherchant l'inconnu dans le familier. Mais le reste de l'inscription me semble être des énigmes. Qu'en penses-tu, Vakama?

Mais le Toa du feu n'écoutait pas. Dans son esprit, il voyait six Matoran, tenant chacun un Grand disque. Il connaissait leurs noms, mais ne pouvait pas voir leurs visages. Pire encore, l'ombre derrière eux grouillait de danger. Vakama pouvait voir une paire d'yeux rouges perçants planant dans l'obscurité et une créature à quatre pattes traquant les Matoran. C'était cette créature qu'il avait vue lutter avec Toa Lhikan. Vakama savait combien elle était puissante et monstrueuse, et le souvenir le fit trembler.

— Nuhrii, Orkahm, Vhisola, Ahkmou, Ehrye, Tehutti, murmura Vakama. Ils peuvent déchiffrer les énigmes et nous aider à retrouver les Grands disques. Mais prenez garde à un terrible chasseur à quatre pattes.

— Tu as passé trop de temps à la forge, cracheur de feu, lança Onewa. Tu as besoin de te refroidir le cerveau.

— J'ai confiance en Vakama, répliqua Nokama. S'il croit vraiment que ces six Matoran peuvent nous aider à trouver les disques, nous devons partir à leur recherche. Lorsque nous les aurons trouvés, nous nous rencontrerons ici même. Bonne chance à tous!

Si ma vision est juste, songea Vakama, *nous aurons besoin de bien plus que de la chance*.

Après s'être salués, les Toa Metru partirent chacun de son côté. Seuls Nokama et Vakama demeurèrent sur place à contempler le Grand temple.

— Vakama, penses-tu vraiment que Metru Nui est en danger? Et que ce danger provient d'une puissance plus effrayante encore que la Morbuzakh?

— Je sais que les ténèbres s'approchent de la cité, répondit Vakama. Toa Lhikan a dit que nous devions les arrêter, que nous devions sauver le cœur de la cité. Je ne sais pas comment ni pourquoi, mais nous avons été choisis.

— Alors, que l'Esprit sacré nous protège tous, déclara la Toa de l'eau.

Toa Nokama se dirigea vers le centre de Ga-Metru. Tout était calme. Foyer des scientifiques et des chercheurs, Ga-Metru était traditionnellement le quartier le plus paisible de Metru Nui. Souvent, le silence n'était rompu que par le grondement des chutes de protodermis.

Dans la rue, Nokama croisa des Ga-Matoran, qui levèrent les yeux sur elle, fascinés et admiratifs. Certains étaient de vieux amis, mais aucun ne semblait la reconnaître. Lorsqu'elle se décida à arrêter l'un d'eux pour le saluer, le Matoran, effarouché, recula, puis se sauva à toutes jambes.

Nokama fronça les sourcils. Elle n'avait jamais caressé le rêve de devenir Toa. Professeur à Ga-Metru, elle avait été heureuse de son sort, acquérant chaque jour plus de sagesse et la transmettant aux autres. Elle avait passé les plus beaux moments de sa vie dans sa salle de classe, ou à montrer à ses élèves les anciennes sculptures des fontaines de protodermis. Maintenant qu'elle était une « héroïne », elle prenait conscience de la solitude qu'allait lui imposer son nouveau rôle.

Au moins, ma toute première tâche ne sera pas difficile, songea-t-elle. *Vhisola sera heureuse de m'aider.*

Tandis qu'elle longeait les canaux, laissant derrière elle les superbes temples de Ga-Metru, Nokama se souvint de sa première rencontre avec son amie. Vhisola était une étudiante avide d'apprendre, presque trop avide. Dans son enthousiasme, elle finissait toujours par commettre une erreur ou une autre. Puis elle s'énervait et commettait encore plus d'erreurs, jusqu'à ce que son projet tournât au désastre.

Nokama avait fini par comprendre que Vhisola travaillait mieux lorsque son professeur lui consacrait plus de temps. Professeur et élève étaient devenues amies, même si, parfois, leur amitié était orageuse. Plus elles passaient de temps ensemble, plus Vhisola réclamait de temps. Lorsque Nokama lui disait qu'elle était trop occupée pour pratiquer le koli ou explorer les canaux, Vhisola boudait.

Leur dernière querelle avait été particulièrement houleuse, mais Nokama était certaine que tout était maintenant réglé. Vhisola n'hésiterait certainement pas à l'aider si elle savait que le sort de la cité en dépendait.

Nokama frappa à la porte de la petite maison de son amie, mais elle n'obtint pas de réponse. Lorsqu'elle frappa de nouveau, une voisine fit son apparition.

— Qui êtes-vous? demanda-t-elle.

— Je suis… commença Nokama.

Si elle donnait son nom, il lui faudrait probablement expliquer en long et en large pourquoi elle n'était plus une Matoran.

— Je suis la Toa de l'eau, répondit-elle plutôt. Avez-vous vu Vhisola?

— Une Toa? Ici? s'exclama la Ga-Matoran avec enthousiasme. J'ai entendu parler de Toa Lhikan, bien sûr, mais je n'avais jamais vu de Toa de près. D'où êtes-vous? Est-ce que vous venez vous installer ici?

— S'il vous plaît, répondez simplement à ma question. Avez-vous vu Vhisola aujourd'hui?

— Non, pas ces derniers temps, répondit la Ga-Matoran en secouant la tête. Est-ce qu'elle a des ennuis?

— J'espère que non, répliqua Nokama.

Elle essaya d'ouvrir la porte, mais celle-ci était fermée à clé. *Qu'à cela ne tienne,* se dit-elle; elle était maintenant une Toa et donc beaucoup plus forte qu'avant. Elle donna un coup sur la porte, qui s'ouvrit d'un seul coup.

Bien que les deux femmes eussent été amies depuis longtemps, Vhisola n'avait jamais invité Nokama chez elle. La Toa comprenait maintenant pourquoi. Chaque parcelle de mur était recouverte de sculptures représentant Nokama. Des articles sur ses réalisations et des copies de prix qu'elle avait remportés étaient aussi accrochés au mur. Rien dans la pièce n'indiquait que Vhisola elle-même vivait ici.

Une fois le choc passé, Nokama scruta la pièce, cherchant des indices susceptibles de lui révéler où était partie Vhisola. Son regard s'arrêta sur des lumières qui clignotaient sur une table. S'approchant de celle-ci, elle constata que les lumières faisaient partie d'une carte de Ga-Metru. Différentes parties de la carte s'illuminaient tour à tour, clignotaient un instant, puis s'éteignaient. Ne pouvant trouver de meilleure idée, Nokama glissa une main sur la carte en suivant les parties qui s'illuminaient, espérant trouver un indice.

Soudain, elle entendit un frottement de pierre contre pierre, puis le centre de la carte s'ouvrit et une plaque s'éleva de l'intérieur de la table. Nokama la prit et vit qu'il s'agissait du journal de Vhisola. Elle allait le remettre à sa place lorsqu'elle se souvint de la peur qui avait marqué le visage de Vakama pendant qu'il racontait ses visions. Si Metru Nui était en danger,

Nokama ne pouvait pas se permettre d'ignorer un indice, quel qu'il soit.

Elle jeta un coup d'œil aux inscriptions les plus récentes, mais ne remarqua rien de particulier, jusqu'à ce qu'elle parvienne au tout dernier paragraphe, qui la paralysa d'effroi : « Lorsque j'ai appris que Nokama était une Toa, je n'arrivais pas à le croire. Maintenant qu'elle est une héroïne, elle n'aura plus jamais de temps à me consacrer. J'ai passé tellement d'heures à m'entraîner au koli et à m'efforcer d'améliorer mes résultats scolaires, tout cela pour l'impressionner... mais désormais, elle va passer tout son temps avec ses nouveaux amis Toa. Mais je vais lui apprendre! Elle va voir de quoi je suis capable. Une fois que j'aurai mis la main sur ce Grand disque, je serai celle vers qui tous devront se tourner. Et elle, elle sera éclipsée! »

Elle sait que je suis une Toa? Mais comment? se demanda Nokama. *Oh, Vhisola! Je n'ai jamais voulu t'ignorer. Tu ne sais pas le danger que tu cours.*

Ce n'était pas le moment de s'inquiéter ou d'avoir des regrets. Vhisola passait le plus clair de son temps à deux endroits seulement : à l'école et au terrain de koli. Aucun entraînement n'étant prévu aujourd'hui, elle devait se trouver à l'école. Si elle n'y était pas, il était peut-être déjà trop tard.

Nokama s'apprêtait à quitter la maison lorsqu'elle s'arrêta brusquement. Elle venait d'apercevoir, par la fenêtre, les silhouettes familières de Vahki, semblables à des araignées, qui descendaient l'avenue. Les Vahki étaient chargés de faire respecter la loi et de maintenir l'ordre à Metru Nui. Pourtant, la vue de ces créatures avait toujours rempli Nokama de terreur. Elle remarqua que la voisine de Vhisola parlait maintenant au chef de l'escadron.

C'est sans doute elle qui les a fait venir, pensa Nokama. *Elle ne croit probablement pas que je suis une Toa – d'ailleurs, j'ai moi-même du mal à le croire.*

Les Vahki allaient vouloir la livrer à Turaga Dume pour qu'il l'interroge; mais Nokama n'avait pas de temps à perdre à ces balivernes. Elle devait les éviter.

Dehors, la voisine faisait de son mieux pour expliquer la situation au chef de l'escadron.

— Elle a dit qu'elle était une Toa. Comment puis-je savoir si c'est la vérité? C'est peut-être un mauvais tour de la Morbuzakh. De toute façon, je vous ai fait venir parce que je considère que c'est mon devoir.

Le Vahki hocha la tête et fit signe aux autres d'encercler la maison. Après s'être assuré que son bâton paralysant était bien chargé, il se dirigea vers l'entrée de la maison de Vhisola.

Nokama choisit ce moment pour sortir en trombe. Avant que les Vahki aient pu réagir, elle leur fila sous le nez et plongea dans le canal de protodermis. Déployant ses lames hydro devant elle, elle se fraya un chemin dans le liquide. Sans perdre une minute, les Vahki s'élevèrent dans les airs pour la suivre.

Aucun Matoran ne pouvait espérer distancer un Vahki, mais un Toa, c'était une tout autre histoire. Les outils de Toa que possédait maintenant Nokama lui donnaient une longueur d'avance, mais elle savait que cela ne suffirait pas. Il lui faudrait compter sur son atout le plus puissant – sa connaissance de Ga-Metru.

Devant elle, le canal menait droit au Grand temple, mais sur la gauche se trouvait un canal d'alimentation plus étroit qui déversait du protodermis dans un réservoir central. Nokama jeta un coup d'œil par-dessus son épaule. Les Vahki étaient temporairement hors de vue. Elle tourna rapidement le coin et descendit le canal d'alimentation, plongeant ensuite dans le réservoir, loin en bas.

Nokama se retrouva au fond du réservoir de protodermis frais, puis, en quelques vifs battements de pied, resurgit à la surface. Le réservoir était une immense pièce circulaire, éclairée par des pierres de lumière encastrées au plafond. Le moindre bruit y provoquait un écho, du clapotis des vagues à la respiration de Nokama. Le seul bruit qu'elle ne pouvait pas entendre était celui que faisaient les Vahki en survolant les lieux.

Persuadée qu'ils avaient abandonné, Nokama replongea tout au fond du réservoir et emprunta un autre canal d'alimentation. *Les autres Toa ont probablement déjà trouvé leur Matoran,* pensa-t-elle. *Ils vont bien rire lorsque je leur raconterai les difficultés que j'ai dû affronter!*

Les cours de Vhisola étaient donnés dans un des nombreux dômes ornementés qui ponctuaient le paysage de Ga-Metru. L'instructeur de son amie ne fut pas d'une grande utilité à Nokama, mais il lui suggéra de se rendre au laboratoire, où la Matoran s'était peut-être réfugiée pour finir des travaux en retard.

Le laboratoire n'était qu'à deux pas, mais pour une raison qu'elle ne pouvait s'expliquer, Nokama sentit qu'elle devait courir. À la vue de la porte sortie de ses gonds, elle comprit qu'elle arrivait trop tard.

Le spectacle, à l'intérieur du laboratoire, était encore plus désolant. Des meubles avaient été renversés et des plaques, brisées et éparpillées, comme si un ouragan avait balayé l'endroit.

Un employé du laboratoire était à remettre la pièce en ordre lorsque Nokama entra.

— Qu'est-ce qui est arrivé? demanda la Toa.

Le Matoran sursauta.

— Oh! Vous m'avez fait peur! Ne faites plus jamais ça! Je pensais que cette... créature était revenue!

— Désolée, fit Nokama, se rendant compte que sa nouvelle apparence avait de quoi impressionner. De quelle créature parlez-vous?

— Je ne sais pas ce que c'était... répondit le Matoran. Elle avait quatre pattes et une sorte d'outil en forme de pince. Elle a complètement ravagé l'endroit et a volé toutes les plaques de notes de Vhisola, à l'exception d'une seule, ajouta-t-il en pointant du doigt une plaque qui gisait sur le sol, en morceaux.

Nokama s'agenouilla et commença à déplacer les fragments, essayant de les assembler comme les pièces d'un casse-tête. Lorsqu'elle eut terminé, elle vit l'image d'une immense racine de Morbuzakh, et six Grands disques qui la maîtrisaient. Sous chaque disque étaient inscrits le metru d'origine et un code à trois chiffres.

Vakama avait raison! se dit Nokama. *Il existe un rapport entre les Grands disques et la Morbuzakh. Mais pourquoi quelqu'un voudrait-il nous empêcher de mettre fin à cette menace?*

C'est alors qu'elle remarqua un objet à moitié caché par un banc renversé. C'était une carte du réseau de toboggans de Le-Metru, sur laquelle était inscrit le nom Orkahm. *Qu'est-ce que ça peut bien faire ici?* se demanda Nokama.

Elle leva les yeux vers l'employé du laboratoire, qui la dévisageait.

— Et le reste de ses notes, les avez-vous vues?

— Vous savez, moi, je m'occupe du laboratoire, c'est tout. Je n'ai jamais…

Nokama se releva complètement, dominant le Matoran de toute sa hauteur.

— Les avez-vous vues? répéta-t-elle.

Le Matoran baissa les yeux.

— Bon, d'accord. Elle me les a montrées une fois. Elle a mentionné quelque chose à propos d'un Grand disque qui allait lui permettre de devenir quelqu'un. Ses notes portaient toutes sur la Morbuzakh, mais c'était du charabia pour moi. Elle a fait des copies de tout et a dit qu'elle les emporterait chez elle.

— Pour le bien de Ga-Metru et de toute la cité, j'espère qu'elles s'y trouvent toujours, déclara Nokama.

Nokama regagna la maison de Vhisola par les canaux. Comme elle le craignait, un Vahki patrouillait encore le quartier. Il était inutile de tenter de le raisonner, car les Vahki n'écoutaient jamais. Ils étaient formés pour détecter les mouvements et réagir en conséquence. Elle devait trouver un moyen de l'éloigner.

Je suis censée être la Toa de l'eau, se dit-elle. *Voyons si ce n'est qu'un titre.*

C'était la chose la plus difficile que Nokama eût jamais tenté. Déployant ses deux lames hydro, elle s'employa, avec d'énormes efforts, à tirer de l'humidité de l'air environnant. Un moment, elle crut qu'elle allait s'évanouir et dériver sur le canal. Mais enfin, elle sentit qu'elle commençait à contrôler l'un des éléments les plus puissants.

Elle ne put d'abord faire jaillir que deux jets fins, mais cela allait suffire. Elle visa une pièce décorative qui ornait une maison au bout de l'avenue. L'eau frappa directement sa cible, la délogeant de son support et la faisant tomber avec fracas. Le Vahki marqua une pause, puis se retourna et s'éloigna pour aller voir ce qui se passait.

Nokama se précipita vers la maison. Aussitôt entrée, elle se mit à chercher frénétiquement une cachette possible. De toute évidence, la créature à quatre pattes n'était pas passée par là, à moins qu'elle ne fût devenue plus soigneuse. Mais où Vhisola avait-elle donc caché ses notes? Quel endroit aurait un sens particulier pour elle?

Les yeux de Nokama se fixèrent sur la plus grande photo d'elle-même. Elle craignait presque que ses soupçons soient confirmés, mais elle avait bien raison : la photo cachait un coffret de sûreté à trois cadrans. Nokama n'avait pas du tout le temps de deviner la combinaison. Ce devait être l'un des codes inscrits sur la plaque. Si ce n'était pas le cas, sa recherche allait se terminer par un échec.

Elle songea tout d'abord à utiliser le code de Ga-Metru, mais cela semblait trop évident. Elle essaya donc le code de Ta-Metru, puis ceux d'Onu-Metru, de Po-Metru et des deux autres quartiers, mais sans succès. Lorsqu'elle se servit finalement du code de Ga-Metru, la porte s'ouvrit d'un coup sec. À l'intérieur se trouvait une pile de plaques, toutes sculptées de la manière qui caractérisait Vhisola. Nokama les examina rapidement une à une jusqu'à ce qu'elle trouve enfin l'information cruciale.

C'était une représentation du Grand temple, à côté duquel figurait un Disque de pouvoir. Le disque n'avait jamais quitté le temple!

Vhisola a dû se rendre là pour en retirer le Grand disque, pensa Nokama. *Mais elle ignore tout du monstre à quatre pattes…*

Nokama se précipita hors de la maison, sans se préoccuper d'être prise en chasse par le Vahki. *Qu'il me suive! Il pourra probablement m'être utile!*

En remontant les canaux à toute vitesse, en direction du Grand temple, Nokama se souvint d'une des premières conversations qu'elle avait eues avec Vhisola. « Tout le monde a un don particulier », avait-elle expliqué à la Matoran. « Il te suffit de découvrir le tien. » Maintenant qu'elle savait ce que Vhisola avait l'intention de faire – s'emparer du Grand disque pour l'utiliser à ses propres fins –, elle se demanda si le don que possédait la Matoran n'était pas celui de la tromperie.

Nokama émergea des canaux près du temple, mais elle s'arrêta brusquement à la vue d'un groupe de Matoran rassemblés un peu plus loin. Le cou tendu vers le ciel, ils criaient en pointant du doigt l'un des gratte-ciel.

Nokama courut les rejoindre.

— Qu'est-ce qui se passe? demanda-t-elle.

— C'est Vhisola! cria quelqu'un. Là, au sommet de cet édifice! Elle va tomber!

Nokama leva les yeux et aperçut Vhisola, vacillant sur le rebord du toit. La Matoran ne pourrait pas tenir longtemps en équilibre. Nokama se sentit impuissante. N'étant pas bonne grimpeuse, elle ne pourrait jamais parvenir au sommet à temps pour la sauver.

Elle tourna les talons et sauta dans le canal, déployant ses lames hydro devant elle. Emportée par son élan, elle skia sur la surface. Juste avant d'atteindre un pont, Nokama plongea. Elle accéléra dans le conduit sinueux de protodermis, amorça une descente, puis remonta à une vitesse incroyable. Gonflée à bloc par la peur qu'elle éprouvait pour la vie de Vhisola, elle jaillit du conduit à toute allure et monta haut dans le ciel, plaçant son corps de manière à atterrir sur le toit où était juchée la Matoran.

Vhisola la vit approcher, mais elle vacilla encore un peu et tomba dans le vide. Sans perdre de temps, Nokama piqua au-dessous d'elle, l'attrapa d'une main et, de l'autre main, s'accrocha au bord du toit. Puis elle se hissa sur le toit et y tira Vhisola.

Si Nokama s'attendait à un signe de gratitude, elle fut déçue.

— Toi! fit Vhisola. Je le savais que ce serait toi. Maintenant que tu es une Toa Metru, tu vas m'éclipser encore davantage.

— Pour le moment, ce que tu penses importe peu, lança Nokama. Nous réglerons cette question plus tard. J'ai besoin de ce Grand disque!

— Tout le monde veut mon disque, répliqua Vhisola. Une créature quelconque à quatre pattes – mais pas un Rahi, en tout cas – m'a poursuivie à travers les rues. J'ai dû me cacher ici pour lui échapper. Je n'aurais jamais dû prêter attention à cette note.

— Quelle note? demanda Nokama.

Vhisola lui montra deux petites plaques. Sur la première figurait une suite de nombres Matoran, et sur l'autre, un message codé.

— Voyons si tu peux prendre moins de temps que je n'ai pris pour le déchiffrer.

Il fallut un long moment à Nokama pour déchiffrer le message, mais elle y arriva finalement : « Prenez garde. Les Toa sont au service de la Morbuzakh. Il ne faut pas qu'ils trouvent les Grands disques. Retrouvez-moi aux chutes de protodermis avec votre disque et je le conserverai en lieu sûr. Ahkmou. »

Nokama sentit son sang se glacer dans ses veines.

— Allez, viens, Vhisola, fit-elle. Il faut que nous ayons un long entretien avec des amis à moi.

Aux dires des Ga-Matoran et des Ko-Matoran, Ta-Metru était le quartier le plus bruyant et le plus inhospitalier de Metru Nui. La chaleur torride des forges et du Grand fourneau, l'odeur âcre du protodermis en fusion, le bruit constant des marteaux des artisans – pour les Matoran des quartiers plus paisibles, Ta-Metru représentait un cauchemar.

Vakama, le Toa du feu, aurait peut-être été de cet avis, s'il avait eu le temps d'y réfléchir. Mais il était occupé à se jeter par terre et à rouler sur lui-même pour éviter le flot de protodermis chauffé à blanc qui coulait d'une cuve accrochée très haut au-dessus de sa tête. Une fuite ou un débordement accidentel représentait déjà un grand danger, mais la menace à laquelle le Toa faisait face à cet instant était encore plus effroyable.

Vakama leva les yeux. Oui, les sarments de la Morbuzakh étaient toujours là, s'efforçant d'arracher la cuve de protodermis de sa chaîne pour la lancer sur le sol. S'ils y arrivaient, il ne resterait probablement pas grand-chose de ce secteur de Ta-Metru.

Le Toa réfléchit rapidement. Les sarments de la Morbuzakh n'avaient jamais pénétré aussi loin dans un metru. Et, habituellement, les cuves de protodermis en route vers une forge ne restaient jamais immobiles assez longtemps pour que quelqu'un s'en empare. Pourtant, c'était précisément ce qui s'était produit, et juste au moment où Vakama arrivait sur les lieux, à la recherche d'un fabricant de masques disparu.

Les ouvriers Ta-Matoran couraient dans tous les sens, cherchant à s'abriter du mieux qu'ils pouvaient. Cependant, si une quantité suffisante de protodermis bouillant tombait sur le sol, il n'y aurait bientôt plus d'endroit où se réfugier. Le protodermis brûlerait tout sur son passage, à moins que Vakama ne trouve un moyen de l'arrêter.

Bon, c'est facile à dire, mais comment vais-je m'y prendre, pensa le nouveau Toa Metru. *Je ne peux pas continuer à me démener comme ça pour éviter d'être ébouillanté. Je ne peux pas non plus grimper jusqu'à la cuve; elle est bien trop haute. De toute façon, la Morbuzakh ne me laisserait pas m'en approcher. À moins que...*

Matau s'était moqué de Vakama lorsqu'il avait choisi un lanceur de disques comme outil de Toa. Pourtant, dans la situation où il se trouvait, Vakama savait que c'était la décision la plus sage qu'il eût jamais prise. Il sortit un disque et examina le code à trois chiffres qui y était inscrit. Le premier chiffre indiquait le lieu de fabrication, le deuxième, le pouvoir du disque et le troisième, son niveau de puissance. Il s'agissait d'un disque gelant, de puissance 5. Mieux encore, le disque ayant été fabriqué à Ko-Metru, il réservait une surprise à la Morbuzakh.

Vakama roula sur le sol, puis, une fois accroupi, il visa sa cible avec son lanceur et projeta le disque. Comme il s'y attendait, les sarments de la Morbuzakh réagirent immédiatement, essayant de frapper cet objet qui tournoyait dans les airs. Mais les disques de Ko-Metru étaient conçus de façon à dévier à une grande vitesse pour éviter les obstacles. La Morbuzakh ne put attraper que de l'air pendant que le disque filait vers sa cible.

Touché! Le disque frappa de plein fouet les commandes situées au-dessus de la cuve, les gelant complètement et empêchant ainsi la cuve de s'incliner davantage. Les sarments torsadés voulurent s'agripper de nouveau à la cuve, mais reculèrent vivement au contact de la glace.

Voyant cela, Vakama lança aussitôt un autre disque,

mais cette fois, vers l'un des sarments. Lorsque le disque toucha sa cible, des veines de gel se formèrent le long de la tige noircie. Les autres sarments de vigne se tordirent frénétiquement dans l'air, puis battirent en retraite par une fente dans le sol.

Le Toa Metru du feu poussa un long soupir de soulagement. La forge était sauvée et, ce qui était encore plus important, il avait appris que la Morbuzakh détestait le froid. Il se demandait comment il pourrait tirer profit de cette révélation lorsque le contremaître de la salle de commande se précipita vers lui.

— Incroyable! s'exclama le Ta-Matoran. Je croyais que c'en était fait des Toa lorsque Lhikan a disparu. Sans vous…

— Je n'ai fait que mon devoir, répliqua calmement Vakama.

Il n'avait pas l'habitude d'être perçu comme un héros et n'était pas certain de pouvoir se faire à ce nouveau rôle.

— Que s'est-il passé? demanda-t-il au contremaître. Je croyais que les cuves ne s'immobilisaient jamais.

— Venez voir, répondit gravement le contremaître.

Vakama le suivit jusqu'à la salle de commande de la forge. Le contremaître lui indiqua des traces de brûlure sur l'un des panneaux.

— Voilà ce qui s'est produit. Un monstre à quatre pattes est entré par effraction et a grillé les commandes avec un rayon d'énergie.

Vakama s'agenouilla pour examiner les dégâts. Certaines composantes avaient été endommagées, mais elles pouvaient être réparées. Cela était loin de l'intéresser autant que la poudre de protodermis éparpillée sur le sol, près de la partie endommagée. Il avait déjà vu ce type de poussière, lors d'une visite à Po-Metru, mais celle-ci brillait dans la lumière. Ce ne fut qu'en y regardant de plus près qu'il put repérer des cristaux du savoir de Ko-Metru, broyés et mélangés à la poussière.

Le Toa Metru leva les yeux vers le contremaître.

— Je crois que je peux réparer ça si vous me rendez un service. Je cherche un fabricant de masques appelé Nuhrii. Il n'est pas chez lui ni à la forge. L'avez-vous vu?

— Oui. Nuhrii était ici ce matin, répondit le contremaître. Il cherchait un Masque sacré qu'il avait fabriqué. Comme le masque était défectueux, il avait été jeté, mais quelqu'un lui a dit qu'il pouvait quand même servir. Nuhrii voulait le récupérer avant qu'il ne finisse dans le fourneau.

— Est-ce qu'il l'a trouvé?

— Le masque n'est pas ici. Il doit être resté dans le tas de rejets. J'ai suggéré à Nuhrii d'aller voir là. Il racontait des choses bizarres, ajouta le contremaître. Il a dit que s'il ne retrouvait pas le masque, il savait où trouver un disque Kanoka, avec lequel il pourrait fabriquer le plus beau masque jamais porté. Je pense qu'il a travaillé un peu trop fort ces derniers temps.

— Oui, ce doit être ça, répliqua Vakama, pas du tout convaincu que Nuhrii avait perdu la tête.

Il était fort probable que le Matoran s'apprêtait plutôt à tomber dans un piège… ou à en tendre un.

Le Toa du feu faisait le point tout en marchant. Dans la maison de Nuhrii, où il s'était rendu plus tôt, les murs étaient recouverts de plaques sculptées, souvenirs de son travail. Chaque plaque montrait un masque Kanohi, et le disque Kanoka à partir duquel il avait été fabriqué. Une des plaques avait été brisée et gisait sur le sol. Quelqu'un avait tenté en vain de la réparer.

Selon le contremaître de la forge, Nuhrii avait fabriqué un masque défectueux. Ce devait être la plaque représentant ce masque qu'il avait brisée, dans un geste de colère. Lorsque Nuhrii avait appris que le masque pouvait en fait servir, il avait dû essayer de réparer la plaque avant de se précipiter à la forge pour récupérer le Kanohi.

Beaucoup de questions demeuraient néanmoins sans réponse. Qui avait découvert que le masque pouvait encore servir et en avait prévenu Nuhrii? Et la note qu'avait reçue le Matoran était-elle authentique, ou était-ce simplement un appât pour l'attirer dans un piège?

Vakama espérait trouver les réponses à toutes ces questions dans l'immense terrain grillagé qui s'étendait devant lui. On l'avait appelé le Centre de réclamation du protodermis, mais, pour tous les fabricants de masques de Ta-Metru, c'était en fait un cimetière. Peu importait le nombre d'heures que l'on avait consacré à la fabrication d'un masque, le moindre petit défaut suffisait à le gâcher. Le masque était alors apporté ici et jeté sur le tas de masques défectueux et inutiles qui allaient, plus tard, être apportés au fourneau et fondus. C'était l'unique endroit où les fabricants de masques ne voulaient jamais mettre les pieds.

Un seul gardien se tenait à l'entrée. L'ennui qu'on pouvait lire sur son visage disparut aussitôt qu'il vit un Toa se diriger vers lui.

— Qui êtes-vous? demanda-t-il.

— Je suis Vakama, Toa Metru du feu, dit Vakama, qui

éprouvait un sentiment étrange à prononcer ces mots. Il faut que j'entre.

— Désolé, mais j'ai reçu des ordres de Turaga Dume. Personne n'est autorisé à entrer ici. Je ne veux pas avoir d'ennuis avec les Vahki.

— Mais vous avez laissé entrer Nuhrii, n'est-ce pas? Il est en danger et je dois le retrouver. Veuillez ouvrir le portail.

— Je ne peux pas! Je pourrais perdre mon poste.

Vakama fronça les sourcils. Cette confrontation lui faisait perdre du temps. Le gardien avait visiblement plus peur des Vahki que de provoquer la colère d'un Toa. *Et pourquoi en serait-il autrement?* pensa-t-il. *Un Toa ne ferait jamais de mal à un innocent.*

— Alors je vais ouvrir le portail à votre place, déclara le Toa du feu.

Avec un énorme effort de concentration, Vakama réussit à faire jaillir un mince jet de flamme de sa main, qui fit fondre la serrure en un instant.

— Vous avez fait votre travail. Maintenant, je dois accomplir le mien, dit-il au gardien.

Tout était calme dans la cour. Vakama passa près des nombreux tas de masques Kanohi et d'autres objets artisanaux, qui attendaient derrière les clôtures l'heure où ils finiraient dans le Grand fourneau.

Certains avaient une apparence parfaite à l'œil nu, leurs défauts n'étant visibles que pour un maître-artisan. D'autres, par contre, étaient mutilés.

Vakama était tellement occupé à examiner les articles condamnés qu'il trébucha sur un objet traînant sur son passage. Lorsqu'il eut retrouvé l'équilibre, il s'aperçut qu'il s'agissait d'un Masque de la protection que quelqu'un avait abandonné là. Vakama se baissa pour le ramasser. Le masque avait quelque chose de familier, mais il ne savait pas pourquoi.

Tout à coup, il comprit. L'angle du masque, les rides autour des yeux… c'étaient les marques du travail de Nuhrii. Était-ce le masque que le Matoran cherchait, jeté là comme s'il n'avait aucune valeur?

— On dirait que tout le monde veut ce Kanohi aujourd'hui, dit un Matoran derrière Vakama.

Se retournant, le Toa vit le préposé du Centre de réclamation qui s'avançait.

— Nuhrii est venu tout à l'heure pour le chercher, ajouta le préposé.

— Alors, pourquoi ne l'a-t-il pas emporté? demanda Vakama.

— Regardez. Il y a une mince fêlure là, à la base, répondit le préposé en montrant un défaut à peine visible. Je fais ce travail depuis tellement longtemps que je peux repérer un masque défectueux de très loin. Le fabricant du masque a dû le faire refroidir trop vite. En tout cas, Nuhrii l'a regardé, puis il l'a jeté par terre et est reparti. Il marmonnait quelque chose à propos d'un masque qu'il allait forger, le Kanohi le plus puissant jamais créé. Il a aussi parlé d'un autre artisan à qui il aimerait en remontrer. Je crois que le nom de l'autre artisan était Vakama.

Moi? pensa Vakama. *Mais pourquoi voudrait-il me surpasser? C'est vrai que très peu des masques que j'ai fabriqués ont fini ici, et que Turaga Dume m'a demandé de forger un Kanohi spécialement pour lui. Mais j'ignorais que Nuhrii était aussi jaloux de moi. Après tout, j'ai beaucoup appris de lui.*

— Il n'y a pas que les masques qui cachent leurs défauts, déclara le Toa du feu. Avez-vous une idée de l'endroit où il est allé?

— Tout ce que je sais, c'est qu'il a laissé tomber ça, répondit le gardien en lui tendant une plaque.

Vakama lut l'inscription qui était gravée sur la pierre : « Nuhrii, rends-toi à la maison abandonnée du fabricant de masques, dans la zone nord. Tu y apprendras un secret précieux – comment transformer un Grand disque en un masque Kanohi qui s'inscrira dans la légende. Viens seul et n'en parle à personne. » La note n'était pas signée, mais la pierre était tachée, ici et là, de protodermis liquide.

Dans son esprit tout à coup bouleversé, Vakama vit Nuhrii encerclé par des tentacules obscurs qui s'avançaient vers lui et le saisissaient, empêchant le Matoran de respirer. Sans trop savoir pourquoi, le Toa était persuadé que ce danger était réel et qu'il était en train de se produire!

Le préposé regarda Vakama s'éloigner à toute vitesse et secoua la tête. Puis il se tourna vers le tas de masques brisés.

— Tout le monde se hâte, dit-il. Tout le monde, sauf moi... et vous tous. Nous ne sommes pas pressés d'arriver à notre destination finale, pas vrai?

Le Matoran éclata de rire, mais Vakama était déjà trop loin pour l'entendre.

Le Toa du feu scrutait les alentours. Il n'arrivait pas à croire que quelque chose eût pu convaincre Nuhrii de se rendre à cet endroit. Jamais un Matoran ne s'aventurait là, du moins pas s'il espérait revoir le lever des deux soleils.

C'était autrefois un des secteurs les plus animés de Ta-Metru. Vakama se rappelait y être venu en toboggan, il n'y avait pas longtemps, pour rendre visite à des amis, mais aujourd'hui, cela semblait plutôt une éternité. Tout le voisinage était maintenant désert et abandonné, vaincu par le pouvoir de la Morbuzakh. La moitié des bâtiments avaient été détruits, et les autres n'étaient pas en très bon état non plus.

Vakama marchait lentement, pour éviter les morceaux de protodermis solide qui gisaient sur la chaussée. Le silence n'était brisé que par la galopade de petits Rahi s'enfuyant parmi les ruines. La plupart des Matoran qui avaient vécu ici s'étaient enfuis et avaient trouvé refuge chez des amis, au cœur du metru. Quant à ceux qui avaient décidé de rester, on n'en avait plus entendu parler. Turaga Dume avait interdit l'accès à cette zone, mais bientôt, il n'avait plus eu besoin d'envoyer des Vahki pour surveiller l'endroit. Aucun Matoran ne voulait y mettre les pieds.

Sauf Nuhrii, se dit Vakama. *Et s'il se trouve bien ici, je suis peut-être arrivé trop tard pour le sauver.*

À cet instant, il entendit une voix crier :

— Au secours!

L'appel à l'aide provenait d'une maison au bout de la rue. Vakama s'élança aussitôt, mais s'arrêta net en voyant deux sarments de la Morbuzakh se glisser vers le même bâtiment. Ils se déplaçaient tellement vite que Vakama ne pouvait compter y arriver avant eux.

— Au secours!

Vakama chargea son dernier disque dans le lanceur, espérant qu'il prenait la bonne décision. Il n'avait jamais utilisé ce genre de disque, pas même pour fabriquer un masque. Comme son pouvoir était imprévisible, il risquait d'aggraver la situation, mais le Toa n'avait vraiment pas le choix.

Le disque fendit l'air et frappa l'un des sarments, puis décrivit un arc pour revenir vers Vakama. Au passage, il accrocha le second sarment, comme l'avait souhaité le Toa. Les deux sarments scintillèrent quelques instants, puis disparurent, téléportés ailleurs dans Metru Nui. Vakama espérait ne pas avoir créé ainsi un danger pour quelqu'un d'autre.

La porte de la maison n'était pas fermée à clé. Dès que Vakama l'ouvrit, un nuage de protodermis s'échappa de la maison, aveuglant le Toa et le faisant tousser. Lorsqu'il put enfin y voir plus clair, il découvrit que le passage était bloqué par des gravats.

— Qui est là? Au secours! Je suis coincé!

C'était la voix de Nuhrii, provenant de derrière l'amas de protodermis. Les sarments de la Morbuzakh avait fait tomber le toit et s'apprêtaient visiblement à s'attaquer aux murs lorsque le Toa Metru avait fait son apparition.

Vakama eut l'idée de se servir de son pouvoir élémentaire pour faire fondre l'obstacle. Mais comme ses pouvoirs étaient tout nouveaux, il ne les maîtrisait pas encore très bien. S'il commettait une erreur, tout le quartier risquait de partir en fumée. Non, il allait devoir se mettre à la tâche et procéder bloc par bloc.

Vakama retira un morceau de protodermis du tas, mais au moment où il allait en enlever un deuxième, il se produisit un glissement et d'autres morceaux se mirent à tomber du toit.

— Hé! Faites attention! s'écria Nuhrii. Qu'est-ce que vous fabriquez?

Vakama se remit au travail, mais cette fois, avec beaucoup plus de précaution. Il soulevait lentement un bloc, faisait une pause, puis le soulevait un peu plus jusqu'à ce qu'il eût la certitude de ne pas provoquer de chute. Ce fut un travail laborieux, mais il réussit finalement à créer une ouverture suffisamment grande pour permettre à Nuhrii de s'y faufiler. Le Matoran était couvert de poussière, mais ne semblait pas blessé.

— J'étais persuadé que je ne sortirais jamais de là, fit Nuhrii avant de poser les yeux, pour la première fois, sur son sauveteur. Vakama! C'est toi?

— Ça va? Qu'est-ce que tu faisais là?

— Oui, ça va. Aussi bien tout te raconter. Je suis

venu ici pour apprendre à transformer un Grand disque en un Masque de puissance, d'un modèle que même toi n'imaginerais jamais pouvoir fabriquer. Je serais ainsi devenu l'artisan chez qui tous les Matoran auraient afflué pour obtenir les meilleurs Kanohi.

C'était Nuhrii qui, ayant pris Vakama comme apprenti, lui avait enseigné les rudiments du métier. Jamais, durant tout le temps où il avait travaillé comme fabricant de masques, Vakama n'avait élevé la voix. Mais là, en pensant à toutes les difficultés qu'il avait dû affronter pour retrouver le Matoran, il sentit la colère monter en lui.

— Regarde autour de toi, Nuhrii, fit-il durement. Tu vois ce que la Morbuzakh a fait de notre cité? Ce n'est vraiment pas le moment de penser à ta gloire personnelle. Tout le monde doit s'unir pour arrêter cette menace. Le Grand disque que tu as en ta possession est la clé qui sauvera Metru Nui. Je ne sais pas comment, mais c'est ainsi. Tu dois me dire où il se trouve.

Nuhrii était stupéfait. Il lui fallut un moment avant de pouvoir parler, mais lorsqu'il le fit, la honte perçait dans sa voix.

— Le Grand disque? Je… je ne savais pas. Oui, bien sûr, je ne demande pas mieux que de t'aider à le retrouver, ce disque.

Vakama et Nuhrii sortirent de la maison et quittèrent la zone abandonnée. Nuhrii marmonnait tout en marchant, mais ses paroles parvenaient quand même aux oreilles de Vakama :

— Nous allons chercher le disque et arrêter la Morbuzakh. Et tout le monde saura que c'est moi qui ai sauvé Metru Nui!

Le Toa Metru du feu se contenta de secouer la tête et poursuivit son chemin.

Whenua se tenait devant le portail sud des Archives d'Onu-Metru, et était visiblement sur le point de perdre patience.

— Bon. Pour la quatrième fois, je vous répète que je suis Whenua. J'ai travaillé ici toute ma vie. Et il faut absolument que j'entre dans le bâtiment pour retrouver Tehutti avant qu'il pose un geste que nous allons tous regretter amèrement.

Il attendit la réponse du gardien, que la vue d'un Toa Metru de la terre ne semblait pas impressionner du tout. Whenua songea à trouver un autre accès aux Archives, mais comme celles-ci occupaient presque toute la superficie du quartier, il lui faudrait beaucoup de temps pour se rendre en toboggan à un autre point de passage. Et rien ne garantissait que le gardien d'un autre portail se montrerait plus coopératif.

— Bon, c'est vrai que vous ressemblez à un Toa, fit le gardien. Mais pas aux Toa que j'ai déjà vus. Et Whenua? Il est bien archiviste, mais il ne porte pas deux marteaux-piqueurs comme les vôtres. Si vous ne voulez pas me donner votre vrai nom, c'est votre affaire, mais je ne peux pas laisser entrer n'importe qui.

Whenua fit de son mieux pour garder son sang-froid. Expliquer comment des objets, appelés pierres de Toa, avaient transformé six Matoran en Toa Metru prendrait beaucoup trop de temps. Et il n'était pas dit que le gardien le croirait. Le plus frustrant dans tout cela, c'était que son Masque de puissance pourrait sûrement lui être utile ici, mais qu'il ne savait même pas de quoi il était capable.

— Pourriez-vous au moins me dire si Tehutti est à l'intérieur?

Le gardien éclata de rire.

— Tehutti est toujours ici, Toa « Whenua », dit-il. Il passe toute sa vie parmi les objets exposés. Il s'est présenté ici il y a quelque temps, tout excité à propos d'une livraison – probablement un autre Rahi que seule sa propre mère pourrait aimer. Mais aucune livraison par bateau n'était prévue pour aujourd'hui.

Whenua ne savait pas quoi penser. Lorsqu'il avait découvert que Tehutti avait disparu, il s'était rendu à la maison de l'archiviste. Là, il avait trouvé une note offrant un Rahi exotique aux Archives, en échange d'un Grand disque. Une esquisse du Rahi avait été gravée sur la note, qui était signée par une Matoran de Ga-

Metru, appelé Vhisola. Tehutti semblait s'être précipité à la rencontre de la Matoran pour faire l'échange.

Le Toa de la terre prit une décision. Il poussa le gardien et se dirigea vers l'entrée.

— Appelez les Vahki si vous voulez, mais il faut absolument que j'entre là-dedans. Bon, où se cachent les leviers aujourd'hui?

Pendant que le gardien protestait, Whenua glissa les mains sur la surface du portail. Aux Archives, on se vantait de posséder un système de sécurité unique. Chaque porte abritait trois leviers, dont l'emplacement changeait chaque jour. Pour ouvrir la porte, il fallait les bouger selon la bonne combinaison, qui, elle aussi, changeait quotidiennement. Pour les Onu-Matoran, ce système constituait la protection parfaite contre les intrus.

— Essayez toujours, dit le gardien. Personne n'a jamais franchi le pas de cette porte. Vous n'avez aucune ch….

Whenua actionna les leviers, un par un, et la porte s'ouvrit avec un chuintement. Le Toa de la terre se tourna vers le gardien.

— Qu'est-ce que vous disiez? Avec le bruit que faisait la porte en s'ouvrant, je n'ai pas saisi vos paroles.

* * *

Pour Whenua, les Archives d'Onu-Metru n'étaient pas qu'un entrepôt ou un musée. À ses yeux, elles étaient encore plus magnifiques que les Tours des connaissances en cristal de Ko-Metru, le Grand temple et la Carrière aux sculptures de Po-Metru mis ensemble. Les étages principaux s'étendaient à perte de vue dans chaque direction. Lorsque les Archives avaient fini par remplir presque tout l'espace du metru, on avait commencé à creuser pour construire les niveaux inférieurs et les souterrains. Les Archives occupaient maintenant les profondeurs souterraines de la cité et s'étendaient bien au-delà des limites d'Onu-Metru.

On ne pouvait pas non plus affirmer que la construction des Archives était « achevée ». Comme on ajoutait sans cesse de nouvelles créatures à exposer, les ouvriers Onu-Matoran devaient continuer à creuser de plus en plus profondément pour les loger. Avec le temps, les archivistes s'étaient si bien habitués à la lumière tamisée des pièces souterraines que leurs yeux avaient beaucoup de mal à supporter l'éclat des deux soleils.

De l'extérieur, les Archives avaient une allure imposante et sévère. À l'intérieur, c'était un vaste écrin contenant toutes les créatures qui avaient jamais foulé le sol de Metru Nui. C'était un musée vivant, pas un bâtiment servant uniquement à abriter des documents historiques et des prophéties arides comme à Ko-Metru. Chaque bête Rahi, chaque Bohrok à l'allure d'un insecte, chacune des créatures des Archives faisait partie d'un dossier vivant. À l'intérieur de leur tube hypostatique de protodermis, elles étaient vivantes, mais restaient suspendues à jamais dans le temps.

Whenua s'avança dans la première des ailes d'exposition des Rahi, savourant l'odeur familière des Archives. Il salua, d'un hochement de tête, l'un des plus vieux objets exposés, un Nui-Rama capturé en plein vol et dont le tube hypostatique pendait très haut, au plafond. Tout autour de Whenua, des archivistes s'affairaient à pousser leurs chariots de transport. On utilisait ces chariots pour déplacer des objets de toutes les tailles dans les tunnels souterrains, aux murs revêtus de protodermis.

Whenua se dirigea vers le hall abritant la créature qui faisait la joie et la fierté de Tehutti – un buffle Kane-Ra. Mais avant même d'avoir franchi l'arche à l'entrée, il comprit que quelque chose n'allait pas. On aurait dit qu'un Rahi vivant était passé par là. La vitre de l'un des présentoirs était brisée et le plancher était jonché d'artefacts. Mais heureusement, seule la paroi externe du présentoir avait été cassée. Si la paroi interne avait aussi été brisée, le Rahi qui y était exposé aurait pu reprendre vie et saccager les Archives.

Whenua aperçut, dans un coin, le chariot de transport de Tehutti, vide. À côté gisait un marteau, comme ceux qui étaient utilisés dans les forges de Ta-Metru. L'archiviste en Whenua était atterré. Les artefacts de Ta-Metru étaient conservés dans l'un des souterrains, et non dans la section des Rahi. Ce ne fut qu'après avoir vu l'ampleur des dégâts qu'il comprit pourquoi le marteau se trouvait là.

Qui voudrait saboter ces reliques? se demanda-t-il. *Quelqu'un de Ta-Metru? Et pourquoi?*

Haussant les épaules, Whenua se dirigea vers le hall d'exposition suivant. On pouvait y voir d'autres Rahi, plus grands encore, ainsi que des sculptures des bêtes qui avaient échappé à la capture ou dont les présentoirs avaient été placés en entreposage. Le Toa Metru de la terre cherchait tout objet qui aurait pu avoir été déplacé, lorsqu'une sculpture capta son attention. Elle représentait un Rahi massif à quatre pattes, avec une longue queue musculaire, idéale pour frapper ses adversaires. Sous l'image étaient gravés les mots « Nui-Jaga. Trouvé à Po-Metru, près de la Carrière aux sculptures ». À côté figurait le nom du sculpteur, Ahkmou.

Un Nui-Jaga, se dit Whenua. *Un Rahi de Po-Metru. Le même type de bête que Vhisola a offert à Tehutti en échange du Grand disque!*

En sa qualité d'archiviste, Whenua savait analyser une situation en partant du présent pour remonter en arrière dans le temps. Il était peu probable qu'un Ga-Matoran sût ce qu'était un Nui-Jaga; encore moins qu'il eût un spécimen capturé à échanger. L'offre faite à Tehutti n'avait rien de vrai, et la note avait probablement été écrite par quelqu'un d'autre que cette Vhisola. C'était un piège pour attirer Tehutti aux Archives afin de lui voler le Grand disque!

À cette pensée, Whenua prit conscience d'un fait encore plus inquiétant. Celui qui cherchait les Grands disques – probablement ce chasseur à quatre pattes dont avait parlé Vakama – se trouvait peut-être, en ce moment même, dans les Archives, planifiant une embuscade. Whenua se demanda s'il ne devrait pas aller chercher de l'aide. Peut-être auprès d'un Toa, ou même d'un Vahki...

Puis il se souvint – il était lui-même un Toa. Et il avait pour mission d'affronter le danger et de le vaincre. Et rien – absolument rien! – ne lui ferait prendre le risque de compromettre la sécurité de ses

Archives ou de sa cité.

Il courut vers la sortie la plus proche du quai externe. N'étant pas encore habitué à sa nouvelle forme beaucoup plus puissante, il trébucha à quelques reprises et faillit fracasser un présentoir de krana parasites. Avec un frisson, il poursuivit sa course, remerciant l'Esprit sacré d'avoir empêché qu'il libère malencontreusement ces *choses*.

Toutes les livraisons, peu importait leur taille, devaient transiter par le quai externe. Les débardeurs Matoran qui y travaillaient étaient à la fois intelligents et courageux. Ils étaient chargés de veiller à ce que chaque créature d'exposition fût prête à être placée dans un tube hypostatique, dans lequel ses processus physiologiques seraient ralentis au maximum. Si l'une des créatures destinées à l'archivage décidait de se réveiller, c'étaient les débardeurs qui devaient faire en sorte qu'elle se rendorme.

Lorsque Whenua arriva sur le quai, une équipe de quatre Matoran essayait de maîtriser un Gukko pour le placer dans un tube hypostatique et l'archiver. La puissante créature ailée protestait. Il y avait de fortes chances qu'elle réussît à s'échapper, entraînant un ou deux Matoran avec elle dans le ciel.

Whenua se précipita pour aider l'équipe, mais le

chef de quai s'interposa.

— Nous devons nous débrouiller seuls, dit-il à Whenua. Compris? Si nous commençons à dépendre des Toa, qu'est-ce que nous ferons quand vous ne serez pas là?

Les yeux de Whenua se tournèrent vers l'équipe de débardeurs, avant de revenir au chef de quai.

— Entendu… du moins, pour l'instant. Avez-vous vu Tehutti?

— Je l'ai vu se diriger vers le quai d'à côté. Je lui ai dit de ne pas perdre son temps. Ce Gukko est une trouvaille de dernière minute, mais nous n'attendons aucune autre créature. Et rien d'une dénommée Vhisola.

— Je sais, répliqua Whenua en se détournant. Et je suis presque sûr que Tehutti le savait aussi. Veillez à ce que ce Gukko soit bien endormi, ajouta-t-il. La dernière fois qu'un de ces spécimens s'est échappé, il a fait tomber la moitié des présentoirs du souterrain n° 3.

— Comment savez-vous ça? demanda le chef de quai.

Mais le Toa de la terre avait déjà disparu.

Whenua tourna le coin du quai à toute vitesse. Il ne songeait qu'à retrouver Tehutti à temps pour l'empêcher de faire quelque chose qui aurait des conséquences néfastes pour la cité. Il scruta les alentours pour essayer de trouver des traces du Matoran ou une indication d'un piège.

Il découvrit finalement un trou bien dissimulé, dans lequel se dressait une échelle étroite. Suivant son intuition, il commença à descendre. Il était parvenu à mi-hauteur lorsqu'un barreau céda sous son pied.

Whenua dégringola dans le vide, de plus en plus bas. Les souterrains des Archives défilaient à toute allure devant ses yeux. Dans sa chute, il ne cessait de se répéter : *Imbécile! Imbécile!*

Les pensées se précipitaient dans son esprit. Était-ce un piège qui avait été préparé pour Tehutti? Le Matoran était-il déjà tombé dans le trou? Où donc se terminait ce puits? Et un Toa pouvait-il survivre à une telle chute?

Whenua découvrit la réponse à cette dernière question à peine un instant plus tard lorsqu'il atterrit brutalement, bien au-dessous des plus profonds souterrains des Archives. Bien qu'il eût travaillé aux Archives toute sa vie, il n'était jamais descendu aussi profondément. Il avait entendu des rumeurs au sujet d'un souterrain creusé loin sous la surface, où, par mesure de sécurité, étaient entreposées les créatures potentiellement dangereuses.

Le Toa Metru de la terre s'assit en gémissant. Il devait être couvert de bleus et sa tête lui faisait mal. Avec un effort suprême, il réussit à se lever.

Les couloirs de ce souterrain étaient plus sombres et plus étroits que ceux des niveaux supérieurs. Les pierres de lumière étaient rares et très éloignées les unes des autres. Quiconque mettait les pieds ici n'y restait jamais bien longtemps; alors pourquoi gaspiller la lumière?

Il avait à peine fait quelques pas qu'il entendit un craquement bien particulier que tout archiviste redoutait : le bruit de fragments d'un tube hypostatique que l'on écrasait du pied.

Whenua s'efforça de garder son calme. *Un des présentoirs s'est donc brisé. Et alors? Peut-être que c'est la paroi externe qui a été endommagée; il n'y a donc rien à craindre. Oui, c'est sûrement la paroi externe, parce que si c'était la paroi interne, ça voudrait dire qu'une créature s'est échappée. Une créature très dangereuse.*

Il avait déjà vu cela se produire. Les parois externes pouvaient résister à toutes sortes de chocs, mais si la paroi interne d'un tube hypostatique fendait, ne serait-ce que légèrement, l'air qui s'y infiltrait pouvait réveiller le contenu. Et lorsque le contenu avait des dents et des pattes, et qu'il était furieux d'avoir été emprisonné, le résultat était catastrophique.

Whenua fit de son mieux pour avancer sans bruit dans le couloir, ce qui n'était pas facile à cause de sa forte carrure. Avant de devenir un Toa, il avait été un archiviste expérimenté d'Onu-Metru. Il lui était souvent arrivé d'affronter des Rahi féroces. Alors pourquoi aurait-il peur de ce qui se cachait là?

La réponse prit la forme d'un double rayon de chaleur intense et rayonnante qui fit plisser le bord de son masque Kanohi. Les parties du mur qui avaient été touchées par les rayons grésillèrent et une odeur de protodermis carbonisé remplit le couloir. Whenua fit volte-face et vit un Rahkshi qui fonçait sur lui, ses yeux rouges brillant dans son horrible visage jaune.

Surpris, Whenua se rendit compte qu'il ne se rappelait même pas le nom exact de la créature. Mais il n'eut pas à réfléchir pour se souvenir de son pouvoir – des yeux projetant des rayons de chaleur intense, capables de transpercer n'importe quoi, y compris un tout nouveau Toa. Personne ne savait exactement d'où venaient les Rahkshi, mais quel que fût l'endroit, tous les Matoran auraient bien aimé que les créatures y restassent.

Whenua évita de justesse un nouveau rayon de

chaleur et se précipita dans un autre couloir. Il aurait eu besoin de temps pour réfléchir et d'espace pour manœuvrer, mais le Rahkshi n'allait certainement pas lui en laisser. Les circonstances étaient idéales pour que Whenua se serve de son masque Kanohi, si seulement il avait pu en connaître les pouvoirs. Il savait, bien sûr, que les deux marteaux-piqueurs qu'il portait pouvaient perforer presque n'importe quoi, et que son pouvoir élémentaire...

Oui, il avait trouvé! Lorsqu'il atteignit l'extrémité du hall, il activa les marteaux-piqueurs et commença à percer le revêtement du sol. Son pouvoir élémentaire allait transformer la terre qui se trouvait dessous, mais un petit coup de main ne ferait pas de mal.

Le Rahkshi apparut un peu plus loin et se dirigea vers Whenua, son corps puissant brillant dans la lumière diffuse. Le Toa pouvait entendre l'horrible cri du kraata que la bête transportait à l'intérieur de son corps. Deux rayons rouges fusèrent des yeux du Rahkshi dans la direction de Whenua, qui eut à peine le temps de se jeter sur le côté pour les éviter. C'était le moment pour lui de se mettre au travail.

Le Toa Metru baissa les yeux et fit de son mieux pour ne prêter aucune attention à la créature qui s'avançait. Il commanda à la terre de se soulever pour former un mur impénétrable entre lui et le Rahkshi. Le sol se mit à bouger, puis à tourbillonner, comme s'il était ramassé par de mini-cyclones.

Il aurait été difficile de dire qui, du Rahkshi ou de Whenua, était le plus surpris. Un monticule de terre s'éleva soudain, durcissant rapidement et empêchant la créature de s'approcher davantage. Whenua recula d'un pas et sourit, imaginant la réaction des autres Toa lorsqu'il leur raconterait ce qu'il avait réussi à faire. Nuju n'était probablement même pas capable de contrôler un glaçon, ou Onewa, de déplacer même une petite pierre, ou…

Sa joie fut de courte durée. Deux taches rouges apparurent sur le mur de terre et se mirent à briller de plus en plus intensément. Pendant que Whenua se félicitait de son exploit, le Rahkshi avait concentré son pouvoir pour faire fondre l'obstacle qui lui barrait le chemin.

Je n'aurai peut-être pas l'occasion, après tout, de raconter mon aventure aux autres, pensa Whenua.

Il plongea dans l'embrasure d'une porte, juste au moment où le mur s'effondrait. Si seulement il pouvait se rappeler ce que Tehutti lui avait dit, un jour, à propos des Rahkshi jaunes. Qu'est-ce que ça pouvait bien être? Tehutti avait toujours plein d'anecdotes à raconter sur les créatures exposées.

Les paroles de Tehutti lui revinrent soudain à l'esprit. Il avait dit que, juste après avoir utilisé ses rayons chauffants, le Rahkshi avait la vue obscurcie temporairement. Tehutti avait raison sur ce point, car la créature passa juste à côté de la cachette de Whenua sans le voir.

Une fois le Rahkshi parti, Whenua lutta contre l'envie de sortir des Archives. Tehutti pouvait très bien se trouver là, quelque part, et, si c'était le cas, le Rahkshi allait le trouver. Whenua n'avait donc pas le choix – il devait continuer.

Je n'aurai peut-être pas à me battre contre le Rahkshi, se dit-il. *Pas si je trouve quelque chose d'autre pour le faire à ma place.*

Whenua s'élança dans le couloir, ne s'arrêtant que pour détacher une pierre de lumière du mur. Ce fut ainsi qu'il put repérer le tube hypostatique qui avait contenu le Rahkshi. Il ramassa le plus de fragments possible de la paroi intérieure, puis reprit sa course.

Tout en marchant, il essayait de se remémorer ce qu'il savait de ce niveau des Archives. Au fil du temps, il avait vu un grand nombre de créatures envoyées ici, et avait lui-même marqué certaines des bêtes destinées à l'entreposage. Il lui suffisait de trouver la bonne.

Whenua dut marcher longtemps et tourner d'un côté et de l'autre, commettant même quelques erreurs qui auraient pu être dangereuses, avant de trouver enfin la porte qu'il cherchait. C'était une des rares portes à ce niveau auxquelles on avait accroché une pancarte. DANGER : CAGE DE MUAKA, y lisait-on. Il entendait le grand félin rugir et faire les cent pas derrière la porte. Une fois par jour, on lui jetait de la nourriture des étages supérieurs, par une glissière. Mais les Muaka étaient bien connus pour leur appétit insatiable. Mieux encore, ils ne s'entendaient pas du tout avec les Rahkshi.

Whenua prit une profonde inspiration. Cela n'allait pas être facile. Il éparpilla d'abord les fragments du tube du Rahkshi devant la porte. Ensuite, il se servit d'un de ses marteaux-piqueurs pour faire un trou dans la serrure. Aussitôt qu'il entendit le Muaka charger, il courut se mettre à l'abri.

La porte s'ouvrit brusquement. L'immense bête grogna, renifla l'air, puis fit claquer ses mâchoires massives. Whenua observa, tendu, le Muaka qui baissait la tête pour sentir les fragments. Reconnaissant l'odeur d'un Rahkshi, la bête plissa les yeux, puis s'élança dans le couloir.

Whenua lui emboîta le pas. L'archiviste en lui n'aimait pas laisser une seconde créature en liberté dans cet endroit, mais il était plus facile de capturer un Muaka qu'un Rahkshi. Il n'avait plus qu'à espérer que le Muaka trouverait le Rahkshi avant que l'un d'eux tombe sur Tehutti.

Whenua était arrivé au cœur de la section de l'entreposage lorsqu'il entendit des grognements furieux devant lui. Des éclairs rouges illuminèrent le couloir, sans doute causés par les rayons de chaleur, puis il y eut un choc, qui secoua toute la section. Le Muaka avait rattrapé sa proie.

Whenua tourna le coin pour voir le Muaka et le Rahkshi qui s'affrontaient dans une lutte implacable. Le Rahkshi aurait habituellement été le favori, mais le corps massif du Muaka réduisait sa marge de manœuvre. Dans une pièce derrière eux, Whenua aperçut Tehutti qui tentait de s'extraire d'une pile d'artefacts.

Le Toa se força à attendre le moment propice. Lorsque le Muaka leva une patte pour frapper son adversaire, Whenua plongea par terre et glissa sur le sol, jusqu'à la pièce où se trouvait le Matoran.

— Sors-moi d'ici! cria Tehutti. Je ferai tout ce que tu voudras!

Whenua ne perdit pas de temps, dégageant les débris avec soin en espérant que la bataille qui se déroulait à l'extérieur se prolongerait un peu plus.

— Tout ce que je veux? Alors, donne-moi le Grand disque que tu as en ta possession pendant qu'il y a encore une cité là-haut à sauver.

Se dégageant finalement de l'amas de fragments qui contenaient l'histoire de Metru Nui, Tehutti hocha la tête.

— Je n'aurais jamais pensé être aussi content de te voir un jour. Après que je suis tombé dans ce trou, une créature à quatre pattes m'a demandé de lui remettre le disque. Lorsque j'ai refusé, elle a fait tomber tout ça sur moi et m'a laissé ici. Tu veux le disque? Il est à toi. Je préférerais être coincé dans un toboggan avec une troupe de Vahki plutôt que de garder ce disque maintenant!

Whenua jeta un coup d'œil dans le hall pour s'assurer que le Muaka et le Rahkshi étaient toujours occupés, puis il claqua la porte et la ferma à clé.

— Je dois creuser un tunnel pour nous sortir d'ici. Pendant ce temps, tu vas m'expliquer comment tu as pu imaginer qu'une Ga-Matoran aurait un Nui-Jaga à échanger contre le disque.

Tehutti regardait, fasciné, les marteaux-piqueurs de Whenua s'attaquer au mur.

— Je... je savais qu'elle n'en avait pas, répondit-il finalement. Il y a très longtemps, mon ami Ahkmou m'a tout appris au sujet des Nui-Jaga; je savais donc qu'ils ne venaient pas de Ga-Metru. Je voulais découvrir pourquoi quelqu'un désirait s'emparer du Grand disque. Et si la Ga-Matoran avait vraiment eu un Nui-Jaga...

— Tu aurais compromis la sécurité de la cité pour un nouvel objet d'exposition sur lequel inscrire ton nom, termina Whenua.

— Avec toi comme Toa Metru, Whenua, la cité est-elle vraiment en sécurité maintenant? répliqua Tehutti. De toute façon, rien de très grave ne va se produire à Metru Nui. Turaga Dume trouvera bien un moyen de régler le problème de la Morbuzakh et tout ira bien.

— Je l'espère, fit Whenua, arrêtant ses marteaux.

Il avait réussi à creuser un grand trou dans le mur. De l'autre côté apparut un couloir sombre, dont le plancher semblait monter en pente et qui les mènerait probablement aux étages supérieurs. C'était, du moins, ce qu'espérait Whenua.

— Allons-y! lança le Toa de la terre. Nous avons un

long chemin à parcourir. Si nous tombons sur la Morbuzakh, ne manque pas de lui dire qu'elle ne représente pas une menace. Je n'ai encore jamais vu de plante rire.

Le Matoran déposa ses outils et se figea. Il avait entendu deux bruits de pas derrière lui, des pas lourds, et il n'avait pas envie de se retourner pour voir de qui il s'agissait.

— Tiens, tiens, tiens, siffla une voix trop familière. Me revoilà.

Le Matoran se força à regarder derrière lui. Oui, c'était encore Nidhiki, accompagné, cette fois, d'une immense brute, dont les mains crépitaient d'énergie.

— Je suis revenu chercher les Grands disques, poursuivit Nidhiki. Tu sais, les disques qu'il me faut absolument? Ceux que tu as promis de récupérer pour moi?

— Je... je ne les ai pas. En tout cas, pas encore, balbutia le Matoran. Mais je les aurai. C'est tout simplement un peu plus long que je le pensais.

— Je vois, dit Nidhiki.

Il fit un geste de l'une de ses pattes, et la brute qui l'accompagnait se dirigea vers le Matoran.

— Ça, c'est mon copain. dit Nidhiki. Il n'aime pas

les Matoran… surtout toi.

Le Matoran leva les yeux vers la face du monstre imposant qui se dressait à côté de lui.

— Je fais de mon mieux! Je vous le jure!

— De ton mieux? répéta Nidhiki. Trois des Toa vont bientôt trouver les Grands disques. Tu n'as pas réussi à capturer les Matoran ni à détourner les Toa Metru. Est-ce que tu sais ce que ça signifie?

Le Matoran avala difficilement sa salive en voyant les deux créatures se rapprocher encore plus.

— Euh… n… non, bégaya-t-il.

— Ça veut dire que tu vas devoir faire encore mieux. Je me suis rendu à Ko-Metru pour faire en sorte que Toa Nuju soit gardé occupé. Je compte sur toi pour préparer une petite surprise pour Toa Matau et t'emparer du disque de Le-Metru. Je sais que tu n'es pas assez stupide pour me décevoir encore. Est-ce que je me trompe?

Le Matoran secoua la tête. Il voulait dire quelque chose, mais sa bouche ne semblait pas vouloir s'ouvrir.

— Bon. Alors, j'espère que la prochaine fois que nous nous verrons, tu auras les six Grands disques. De toute façon, ajouta Nidhiki en souriant, ce sera notre dernière rencontre, Matoran. Tu as compris?

Les deux créatures s'éclipsèrent avant que le Matoran ait pu répondre. Elles avaient à peine franchi la porte qu'il avait déjà réuni ses affaires et se précipitait vers la station des toboggans. Il avait un rendez-vous à Le-Metru qu'il ne devait manquer pour rien au monde.

Surtout que ma vie en dépend! songea le Matoran en se précipitant dehors.

Du haut d'une des imposantes Tours des connaissances scintillantes, Nuju observait Ko-Metru, qui s'étendait en contrebas. Pour le Toa Metru de la glace, c'était un point d'observation inhabituel. Normalement, il tournait les yeux vers le ciel, cherchant à prédire l'avenir d'après l'éclat et le mouvement des étoiles.

Cependant, si Vakama avait dit vrai, Metru Nui n'aurait pas d'avenir si les Grands disques n'étaient pas retrouvés. Il était vrai que la Morbuzakh avait déjà fait de sérieux dégâts dans le metru. Néanmoins, Nuju ne savait pas jusqu'à quel point il pouvait se fier aux « visions » du Toa du feu.

En bas, tout était calme et silencieux. Même le vrombissement des toboggans qui transportaient les Matoran d'un endroit à l'autre était assourdi à Ko-Metru. Rien ne devait distraire le travail des savants qui s'affairaient dans les Tours des connaissances en cristal. Là, penchés sur les registres de Metru Nui, ils déchiffraient les prophéties anciennes et faisaient des prédictions. Nuju avait été l'un de ces savants. Mais désormais, il devait faire en sorte qu'il y eût des lendemains sur lesquels méditer.

À première vue, la tâche avait semblé assez facile. Le Matoran de Ko-Metru qui, selon Vakama, savait où était caché le disque s'appelait Ehrye. Trouver ce dernier n'aurait pas dû être difficile. En fait, il était souvent impossible de ne pas tomber sur lui, même lorsqu'on voulait l'éviter. Il était toujours là, faisant des courses pour les savants et suppliant qu'on lui donne la possibilité de devenir l'un d'eux.

Nuju avait, bien sûr, refusé. Pour travailler dans une Tour des connaissances, il fallait de la sagesse, de la patience et de l'expérience. Or, Ehrye ne pouvait offrir que de l'enthousiasme et de l'énergie… beaucoup trop d'énergie. Le Matoran était donc retourné à ses tâches de messager et à ses rêves de la vie à l'intérieur des tours.

Et maintenant que je dois absolument le trouver, il a disparu! rageait Nuju.

En fouillant la maison d'Ehrye, Nuju n'avait trouvé qu'une carte annotée des stations de toboggans de Ko-Metru et une mention inquiétante dans le journal d'Ehrye : « Je vais leur donner une bonne leçon. Si je donne le Grand disque Kanoka à celui à qui je l'ai promis, j'apprendrai un secret qui les forceront à me supplier de me joindre à l'équipe d'une Tour des connaissances! »

Nuju secoua la tête. Il avait passé toute sa vie à étudier ce qui pouvait se produire et ce qui se produirait dans les jours à venir, et une chose était certaine : ce qu'Ehrye s'apprêtait à faire n'offrait aucun avenir.

Le Toa de la glace s'élança du haut de la Tour des connaissances où il se trouvait, les yeux rivés sur le rebord de la tour voisine. Lorsqu'il fut à portée de main de la tour, il arracha une pointe de cristal de son dos et en frappa le mur de toutes ses forces. La pointe se planta dans le flanc de la tour. Nuju vira gracieusement autour de l'édifice, libérant, en même temps, la pointe. Il répéta deux fois l'exercice en descendant, pour s'habituer à ses nouveaux outils de Toa. Un jour, il le savait, cette expérience pourrait lui sauver la vie.

Lorsqu'il avait quitté la demeure d'Ehrye, Nuju avait emporté la carte du réseau de toboggans. Il toucha le sol près de la station qui était indiquée sur la carte. Le préposé, qui était plongé dans ses pensées, ne le vit pas approcher.

— Quoi? Oh! s'exclama-t-il lorsque Nuju lui tapota l'épaule. Qui êtes-vous? Qu'est-ce que vous voulez?

— Je suis Nuju, le Toa Metru de la glace. Je cherche un messager nommé Ehrye. L'avez-vous vu?

Le préposa fronça les sourcils.

— Oui, il est venu ici. Je l'ai vu parler à un Matoran d'un autre metru. Je ne me souviens pas duquel. Puis il a sauté dans un toboggan en direction d'une des Tours des connaissances. Il marmonnait quelque chose à propos d'un disque.

— Où a-t-il eu cette conversation? demanda Nuju.

— Euh… Laissez-moi réfléchir. Je me souviens que j'étais en train d'analyser la dynamique des toboggans à ce moment-là, et je ne prêtais pas vraiment attention à lui. Je crois que c'était dans le coin là-bas.

Nuju partit sans remercier son interlocuteur. Il n'avait pas envie de gaspiller son temps en paroles inutiles. Il se dirigea vers l'endroit indiqué par le préposé et scruta les alentours. Il n'y avait pas grand-chose à voir, sinon un outil à sculpter de Po-Metru et un laissez-passer pour entrer dans les Archives d'Onu-Metru. Les deux objets pouvaient être importants, mais ils pouvaient aussi être tombés des mains d'un Matoran parmi les centaines qui étaient passés par cette station.

Le préposé était retourné à ses réflexions, une activité à laquelle tous les Matoran de Ko-Metru consacraient beaucoup de temps, dans l'espoir de décrocher, un jour, un poste dans une Tour des connaissances. Malheureusement, cela signifiait aussi qu'il était très difficile d'attirer leur attention.

— Si vous voyez Ehrye de nouveau, ne le lâchez pas, lança Toa Nuju.

— Pardon? Qu'avez-vous dit? Ne pas lâcher qui? demanda le préposé, confus.

Nuju s'éloigna, se demandant pourquoi il prenait même la peine d'adresser la parole à certains de ces Matoran.

Le toboggan qu'Ehrye avait emprunté menait à l'étage inférieur d'une Tour des connaissances. L'endroit était tellement silencieux que le reste du metru semblait plutôt animé et bruyant par comparaison. Un petit nombre de Ko-Matoran y travaillaient d'arrache-pied, des jeunes qui espéraient gravir les échelons pour rejoindre, un jour, les occupants des étages supérieurs. Nuju, qui avait passé la majeure partie de sa vie dans les Tours des connaissances, ne se rappelait pas avoir jamais vu un groupe de savants aussi contrariés.

Détourner un savant de ses travaux était toujours aussi difficile que d'enseigner les règles du koli à un Rahkshi. Ceux-ci n'avaient pas l'air impressionnés du tout par la présence d'un Toa Metru. Ce ne fut que lorsque Nuju mentionna un Grand disque que l'un d'eux consentit à lui parler.

— Un Grand disque, hein? fit le savant. Il possède un pouvoir incroyable. J'aimerais avoir l'occasion d'en étudier un. L'avez-vous avec vous?

— Non, je suis à sa recherche. Je crois qu'un Matoran nommé Ehrye le cherche, lui aussi, et qu'il est probablement venu ici.

— Ehrye! cracha le chercheur. Alors, c'était ça, son nom! Il a fait irruption ici et nous a posé des tas de questions sur les disques Kanoka, la Morbuzakh et d'autres sujets qui ne le regardaient pas, vraiment pas! Puis il a emprunté le toboggan qui mène au sommet de la tour, ce qui est interdit!

Les autres Matoran tournèrent la tête pour voir quelle était la cause de toute cette agitation. Lorsque le savant aperçut leurs regards courroucés, il baissa le ton.

— Vous le trouverez là, murmura-t-il. Mais vous devez faire quelque chose pour nous, en échange de ce renseignement.

Le savant plongea la main dans sa tunique et en retira un cristal du savoir, un peu plus gros que la main de Nuju.

— La plante Morbuzakh a déjà causé d'importants dégâts à nos tours, expliqua le savant. Comme vous le savez, il est possible de faire pousser une nouvelle tour avec ce cristal. Lorsque vous atteindrez l'étage le plus haut, lancez le cristal dans les airs. Une nouvelle tour surgira là où il atterrira.

Nuju prit le cristal.

— Alors, c'est un cadeau pour l'avenir de Metru Nui. Je m'en charge.

Tout en haut de la Tour des connaissances, l'air était pur et vif. L'endroit était apaisant et vraiment propice à la contemplation. Mais Nuju n'y trouva aucune trace d'Ehrye.

Il sentit le poids du cristal dans sa main. S'approchant du rebord de la tour, il prit une profonde inspiration et lança le cristal, qui disparut bientôt dans la brume enveloppant le bas de la tour. Aussitôt, Nuju s'élança dans les airs pour suivre le cristal.

Dans sa chute, il sentit de nouveau le doute planer dans son esprit. Et si Vakama se trompait? Et si les Grands disques ne prouvaient à personne qu'ils étaient des Toa? Et si, après tout, ces disques n'étaient que légende? Qu'arriverait-il alors?

Nuju se cabra en plein vol. Il commençait déjà à apercevoir les contours de la nouvelle tour. Un instant plus tard, il atterrit, les pieds les premiers, au sommet de la structure, qui grandissait à vue d'œil. Elle continua à croître, prenant sa place parmi les autres monuments de Ko-Metru dédiés au savoir.

De ce nouveau point d'observation, Nuju scruta le metru. Au loin, à l'ouest, il aperçut quelque chose d'étrange. Le toit d'une des Tours des connaissances était jonché de blocs de protodermis.

Étant donné que les tours n'étaient pas construites, mais qu'elles surgissaient plutôt du sol, il n'y avait aucune raison pour qu'on trouvât là du matériel de construction.

Il était sur le point de rejeter cette idée, songeant que la cité semblait, après tout, regorger de choses étranges, lorsqu'il vit quelqu'un bouger derrière les blocs. C'était Ehrye! Nuju venait à peine de s'en rendre compte qu'il vit quelque chose de beaucoup plus effrayant – une immense fissure courait sur le flanc de la tour, en direction du sommet. Toute la structure était sur le point de s'effondrer et d'emporter le Matoran dans sa chute.

Nuju prit son élan et sauta de la tour où il était juché. À l'aide de ses pointes de cristal, il passa, à toute vitesse, d'un toboggan à l'autre. Lorsqu'il eut presque atteint le sommet de la tour, il lâcha prise et se laissa tomber.

Pour une fois, le Toa de la glace essaya de ne pas penser au futur. S'il réfléchissait aux conséquences éventuelles de ce qu'il s'apprêtait à faire, il n'aurait jamais le courage de passer à l'action. Il attendit de se trouver à la hauteur de la fissure qui barrait la tour pour diriger ses deux pointes de cristal vers elle et se concentrer pour faire usage de son pouvoir de glace. De fins jets de glace surgirent aussitôt des outils, refermant la fente, à mesure que le Toa tombait.

Mais sa tâche devenait maintenant plus complexe. Presque tous les dommages étaient réparés, mais si Nuju n'arrivait pas à arrêter sa chute, il serait très vite un *ancien* Toa Metru. Il tourna sur lui-même, se contorsionna et planta une pointe dans le flanc de la tour. La pointe fit une entaille dans le cristal et Nuju poursuivit sa chute, tentant désespérément de s'accrocher à son outil de Toa. Le sol se rapprochait trop vite à son goût. Enfin, la pointe s'immobilisa et Nuju s'arrêta net.

Pas étonnant qu'il ait fallu nous choisir pour jouer le

rôle de Toa Metru, songea-t-il en entamant sa longue ascension vers le sommet de la tour. *Personne ne se porterait volontaire pour faire ce travail.*

Ehrye n'avait pas bougé de l'endroit où Nuju l'avait aperçu : il était toujours coincé entre les blocs de protodermis, tout en haut de la tour. Pire encore, les blocs n'avaient pas été empilés au hasard. Placés comme ils l'étaient, un peu comme les pièces d'un casse-tête, il suffisait de déplacer le mauvais bloc pour que l'ensemble s'écrase sur le Matoran.

Nuju passa un long moment à examiner les blocs avant d'en soulever un délicatement. Puis il se remit à étudier la barricade.

— Quand allez-vous me sortir de là? cria Ehrye, qui perdait patience. Qu'est-ce que vous fabriquez?

— Du calme! répliqua Nuju. Quelqu'un a voulu t'empêcher de quitter cette tour. Mais heureusement pour toi, tu es important pour l'avenir de Metru Nui. Le Toa de la glace va donc te sortir du pétrin dans lequel tu t'es mis.

— Oui, j'ai entendu dire que vous étiez un Toa, dit le Matoran d'un air mécontent. Maintenant je n'aurai plus aucune chance d'obtenir de promotion.

Le Toa Metru l'ignora. Le casse-tête était très

complexe, mais il était conçu pour vaincre quelqu'un qui ne voyait pas plus loin que le bout de son nez. *Ils sont tombés sur le mauvais Toa,* se dit Nuju.

Il lui fallut une éternité, mais il put finalement dégager suffisamment de blocs pour permettre à Ehrye de se libérer. Le Matoran s'étira et leva les yeux sur son sauveteur.

— Vous vous demandez sans doute comment je suis arrivé ici?

— En effet, répondit Nuju. Tu as pris beaucoup de risques, Ehrye, et tu as enfreint plusieurs lois. Je devrais te livrer aux Vahki et clore l'affaire. Mais j'ai besoin de toi. Ou plutôt, j'ai besoin du disque Kanoka que tu as repéré.

— Pourquoi devrais-je vous le remettre? répliqua Ehrye. Ce disque pourrait me permettre d'accéder à un poste dans une Tour des connaissances.

Nuju montra la pile de blocs de protodermis.

— Il t'a presque envoyé tout droit à ta tombe. Pense au futur, Ehrye.

C'est ce que fit le Matoran pendant quelques minutes.

— Je vais récolter tout le mérite pour l'avoir trouvé? dit-il enfin. Et aucun Vahki ne viendra frapper à ma porte?

— Les Vahki ne frappent pas, lui rappela Nuju. Ils enfoncent les portes. Et ils continuent de les enfoncer jusqu'à ce qu'ils trouvent celle derrière laquelle tu te caches.

— C'est vrai, convint Ehrye. Même si je n'avais pas à me préoccuper d'eux, il y a encore cette grosse face de Rahi qui m'a emmuré ici.

Nuju et Ehrye se dirigèrent vers le toboggan qui allait les emmener au rez-de-chaussée. Encore secoué par son aventure, Ehrye n'arrêtait pas de parler.

— Je sais pourquoi vous cherchez ce disque, Toa Nuju. C'est la racine, n'est-ce pas?

— La racine?

— La plante Morbuzakh... elle a une racine reine. J'ai appris ça lorsque j'étais à la recherche du Grand disque. Arrêtez la racine, et vous empêcherez la plante de se répandre. Mais vous devez avoir les six disques en votre possession pour y arriver.

— Alors, tu vas venir avec moi dès maintenant pour rencontrer les autres Toa Metru, déclara Nuju.

— Il y en a d'autres comme vous?

— Puis nous irons récupérer le Grand disque, poursuivit Nuju sans répondre à la question.

— Oh, je vais vous dire où il se trouve. J'irai même avec vous. Mais vous devrez le récupérer vous-même.

D'après ce que j'ai appris, seul un Toa Metru est capable de sortir ce disque de sa cachette.

— Je vois, fit Nuju.

— Je ne décrocherai peut-être pas de poste dans la Tour des connaissances, poursuivit Ehrye, mais si le disque est aussi difficile à récupérer que je le crois, votre poste sera peut-être vacant bientôt, Toa de la glace.

Ni l'un ni l'autre ne rit de la plaisanterie d'Ehrye.

Lorsqu'ils atteignirent le sol, Nuju fit signe à Ehrye de le suivre. À la grande surprise du Matoran, ils ne se dirigèrent pas vers une station de toboggans, mais vers la ruelle derrière la tour.

— Où allons-nous? demanda Ehrye.

— Une Tour des connaissances ne se fissure pas toute seule, répondit Nuju. Bon, disons que ça arrive parfois, mais ce n'est pas ce qui est arrivé à celle-ci. Je veux savoir ce qui a causé cette fissure.

Ehrye traînait derrière Nuju pendant que ce dernier fouillait les moindres recoins de la ruelle. Le Matoran en profita pour bombarder le Toa de questions.

— Qu'est-ce que vous cherchez? Est-ce que cette chose, là, veut dire quelque chose? Comment se senton quand on est un Toa Metru? Pensez-vous que la Morbuzakh va complètement anéantir la cité?

— Ça suffit! le coupa Nuju. L'avenir nous apportera les réponses à toutes tes questions, mais seulement si tu arrêtes de parler suffisamment longtemps pour les entendre, Ehrye.

— C'est ce que disent toujours les savants, grommela Ehrye.

— Je cesserai d'en parler lorsque ça cessera d'être vrai, répliqua Nuju.

Le Toa de la glace marcha jusqu'à une partie ombragée de la tour. Là, juste à hauteur de l'œil, on pouvait voir la naissance de la fissure qui avait menacé toute la structure. Nuju l'étudia de plus près, cherchant un indice qui lui dirait quel outil avait été utilisé.

Ce qu'il trouva le consterna. Les bords de la partie endommagée étaient fondus et déformés. À plusieurs endroits, le cristal avait noirci. Ce n'était pas du tout l'œuvre d'un outil matoran, mais plutôt une impulsion d'énergie.

Troublé, Nuju s'agenouilla pour examiner le sol. Il était parsemé de cristaux du savoir broyés. Les poussant doucement de la main, il découvrit des traces de raclement. Une créature à quatre pattes s'était tenue là pendant qu'elle tendait son piège.

Vakama avait raison, pensa Nuju. *Cette fois-ci, du moins. Mais qui est ce monstre? Pourquoi fait-il ça? Travaille-t-il pour quelqu'un d'autre ou a-t-il quelque chose à gagner en causant tous ces dommages?*

Il se leva et s'avança vers l'entrée de la ruelle, sans dire un mot à Ehrye. Le Matoran donna un coup de pied dans les fragments de cristaux du savoir, avant de lui emboîter le pas. Il repensait à l'occasion qu'il avait manquée de s'emparer du Grand disque. S'il avait pu mettre la main dessus ou convaincre Nuju, d'une façon ou d'une autre, de le récupérer pour lui, Ko-Metru aurait été à ses pieds. Mais il devrait maintenant retourner à son travail de messager. À moins qu'il puisse trouver un moyen de s'emparer du disque, une fois que Nuju l'aurait en sa possession.

Ehrye ressassait encore cette agréable pensée lorsque Nuju s'arrêta brusquement. Le Toa de la glace se baissa pour ramasser un artefact, mais Ehrye ne pouvait pas voir de quoi il s'agissait. Au bout d'un moment, Nuju se détourna et lui tendit l'objet. C'était une petite sculpture.

— Qu'est-ce que c'est? demanda Ehrye.

— Je pensais que tu pourrais me le dire, répliqua froidement Nuju. C'est une sculpture qui provient de Po-Metru et qui porte la signature d'Ahkmou, le sculpteur.

— Et alors? fit Ehrye en haussant les épaules.

— À la station de toboggans, le préposé m'a dit qu'il t'avait vu parler à un Matoran juste avant que tu entres dans la Tour des connaissances. Il ne se souvenait plus de qui il s'agissait, mais je pense le savoir maintenant. C'était Ahkmou, n'est-ce pas? C'est pourquoi il y avait un outil à sculpter de Po-Metru dans la station. Il a été imprudent... il devait être très pressé.

— D'accord. C'était Ahkmou, lâcha Ehrye. Nous sommes amis. Il nous arrive de jouer au koli ensemble. Qu'est-ce que ça a à voir avec...?

— Écoute-moi, l'interrompit Nuju en se penchant si près d'Ehrye que son haleine glaciale fit frissonner le messager. Ce n'est plus l'heure de jouer au koli. Toute la cité de Metru Nui est en danger. Alors maintenant, dis-moi ce que voulait Ahkmou?

Tout à coup, Ehrye tourna les talons et s'enfuit. Fronçant les sourcils, Nuju n'utilisa qu'une quantité minimale de pouvoir élémentaire pour bloquer l'allée avec un mur de glace. Coincé, le Matoran se retourna.

— Mauvaise réponse! lança Nuju.

— Bon, d'accord, dit Ehrye. Ahkmou a dit qu'il voulait sculpter des répliques des Grands disques pour en faire cadeau à Turaga Dume. Il voulait tout savoir sur les disques et pensait que je pourrais obtenir les renseignements dans les Tours des connaissances.

— C'est tout ce qu'il a dit?

— Oui, répondit Ehrye, les yeux rivés sur le sol.

Nuju voyait bien que le messager ne disait pas toute la vérité, mais il trouverait bien le temps, plus tard, de la lui soutirer. Pour l'instant, ils devaient, tous deux, retourner à Ga-Metru pour rencontrer les autres Toa. Nuju se dirigea vers la station de toboggans, persuadé qu'Ehrye serait assez sage pour ne pas tenter de reprendre la fuite.

— Qu'est-ce que vous allez faire avec le mur de glace? demanda le Matoran. Est-ce qu'il va fondre?

— À un moment donné.

— Est-ce que les Matoran ne vont pas se poser de questions? Je veux dire, combien d'entre eux savent qu'il existe un Toa de la glace par ici?

— Les savants auront ainsi quelque chose de plus à étudier, dit Nuju. De toute façon, tout Metru Nui saura bientôt que Toa Nuju est arrivé.

Matau, Toa Metru de l'air, savait tout des toboggans. Comme la plupart des Matoran, il avait emprunté ces tubes de protodermis magnétisés toute sa vie pour se déplacer d'un endroit à un autre. Vivant à Le-Metru, où se trouvait le terminal de transport pour toute la cité, il avait même eu, à quelques reprises, l'occasion de réparer un toboggan ou deux. Il était fier de savoir que personne hors de son metru ne connaissait mieux les toboggans que lui.

Il était donc très étrange qu'il fût en train de filer à une vitesse folle dans un toboggan, hors de contrôle, se dirigeant fort probablement vers un cul-de-sac et donc, peut-être, vers la mort.

À l'extérieur du toboggan, les structures vertes et brunes de Le-Metru n'étaient plus qu'une masse confuse de couleurs et de formes. Matau tourna un coin à vive allure, en direction d'une intersection achalandée, espérant qu'il n'allait pas entrer en collision avec un pauvre Matoran. Pour la dixième fois au moins, il tenta de sauter à travers les parois du toboggan. Mais, encore une fois, il fut rejeté dans le toboggan, frappant la paroi opposée et reprenant de la vitesse.

Je voulais me rendre à ma destination au plus vite-rapidement, mais pas si vite-rapidement que ça, pensa-t-il. Il ne savait pas comment quelqu'un avait pu sceller les parois d'un toboggan, ni si ce quelqu'un avait scellé l'ensemble du réseau ou seulement le toboggan dans lequel il filait comme une fusée.

Mais je peux certainement deviner. Le cracheur de feu avait raison. Ces disques doivent être importants, et quelqu'un veut m'empêcher de trouver le mien.

L'esprit de Matau fonctionnait presque à la même allure que son corps filant dans le toboggan. Les toboggans parcouraient toute la cité, mais on en trouvait la plus grande concentration à Le-Metru, plaque tournante du réseau. Si ce toboggan était le seul qui avait été trafiqué, il devait être possible pour Matau de se faufiler dans un autre à la prochaine intersection.

— Possible, murmura-t-il. Pas très prudent, mais possible.

Il devait d'abord ralentir. Détachant les lames aéro-tranchantes accrochées dans son dos, il essaya de les planter dans les parois du toboggan pour freiner sa course. Mais ses efforts furent vains, car ce qui l'empêchait de sortir du toboggan empêchait aussi ses lames de percer les parois.

Je pense-planifie encore comme un Matoran, se dit Matau. *Les outils ne possèdent pas de pouvoir. Je suis un héros Toa. C'est moi qui suis le pouvoir!*

Le Toa Metru de l'air jeta un coup d'œil devant lui. L'intersection approchait à toute vitesse, et un chariot de transport provenant d'un toboggan latéral s'y dirigeait aussi. Matau allait heurter le chariot de plein fouet. S'il pouvait seulement se servir de son pouvoir pour ralentir un peu…

Matau n'était pas reconnu pour son esprit d'analyse et sa concentration, mais devant le danger qui le menaçait, il sut en faire preuve. Il canalisa son pouvoir sur l'air dans le toboggan, provoquant la formation d'un épais coussin pour réduire sa vitesse. Il sentit peu à peu qu'il ralentissait, mais cela suffirait-il?

Juste devant lui, le chariot de transport traversa l'intersection comme un éclair. Un quart de seconde plus tard, Matau passa à son tour. Avec un grand effort, il tendit le bras et saisit l'arrière du chariot, qui l'entraîna aussitôt dans le toboggan latéral. L'arrêt brusque et le changement de direction faillirent lui arracher le bras, mais il trouva la force de s'accrocher. Ce ne fut qu'après s'être éloigné suffisamment du premier toboggan qu'il lâcha prise et traversa la paroi. Il dut attendre quelques instants que le monde autour de lui arrête de tourbillonner.

Toa Matau se retrouva non loin de sa destination : l'enclos de crabes Ussal du Le-Matoran appelé Orkahm. Il décida d'abandonner le toboggan et de prendre plutôt la voie des airs, en empruntant les câbles qui pendaient partout à Le-Metru.

On pouvait trouver des crabes Ussal dans tous les coins du metru. Les chariots qu'ils tiraient transportaient des objets trop volumineux ou trop fragiles pour les toboggans, ou encore des Matoran qui préféraient se déplacer un peu plus lentement. Les grands crabes étaient dressés spécialement pour obéir aux ordres de leur conducteur, bien qu'ils eussent la réputation d'avoir parfois mauvais caractère. Même de très haut, il était facile de repérer un enclos de crabes Ussal, rien qu'à l'odeur – ce n'étaient pas les Rahi qui dégageaient le parfum le plus suave.

Matau atterrit près de l'un des gardiens de crabes.

— N'aie pas peur! C'est moi, Matau. Je suis un héros Toa maintenant!

Surpris, le gardien laissa tomber ses outils.

— Ça alors! Tu as déjà fait de bonnes blagues-farces, Matau, mais là, tu t'es vraiment surpassé!

— Ce n'est pas une blague-farce, insista Matau. On m'a remis cette pierre Toa et je l'ai apportée au Grand temple, et... Ah! et puis je n'ai pas le temps de te raconter tout ça. Je cherche Orkahm. L'as-tu vu?

— Non, répondit le gardien. Et j'aimerais mieux qu'il reste là où il est. Il a un comportement bizarre ces derniers temps. Il a dit qu'il avait trouvé quelque chose sur son chemin-route, mais il ne voulait le montrer à personne. Il s'en allait l'enterrer-cacher. Orkahm a toujours semblé être un excellent conducteur. Qui aurait pu deviner que la pression allait lui monter à la tête?

Matau acquiesça. Il n'avait pas le temps d'expliquer la situation au gardien, mais il savait qu'Orkahm n'avait pas perdu la tête. Le Matoran avait trouvé un Grand disque et savait que quelqu'un allait essayer de le lui enlever, peut-être celui qui avait saboté le toboggan.

— Alors, il est parti?

— Oui, mais son chariot est ici. Pourquoi est-ce que ça t'intéresse tant que ça, Matau? Tu as l'intention de lui faire une farce-blague? dit le gardien en éclatant de rire. Il ne t'aime déjà pas beaucoup. Tu ne veux certainement pas envenimer les choses.

Matau s'approcha du chariot d'Orkahm, près des enclos. Chaque conducteur tenait un registre de ses déplacements de la journée, et Orkahm ne faisait pas exception à la règle. Ayant trouvé le carnet sous le siège, le Toa découvrit que le conducteur, prudent, avait pris soin de tout écrire en code.

Matau fut tenté d'abandonner. Puis il se dit que les autres Toa Metru avaient probablement pris contact avec leur propre Matoran et devaient déjà l'attendre. Il ne pouvait pas arriver les mains vides. Sans compter que, s'il trouvait Orkahm et le disque, il prouverait à tous les habitants de Le-Metru qu'il était un héros Toa.

Il s'assit sur le chariot et se mit à étudier le code. Matau connaissait Orkahm depuis très longtemps. Le Matoran était ordonné, prudent et méticuleux, ce qui en faisait un conducteur lent. Comme Matau avait toujours été rapide et audacieux, lui et Orkahm ne s'étaient jamais bien entendus.

Matau se souvenait, en particulier, qu'Orkahm avait toujours manqué d'imagination.

Une fois que le Toa se fût rappelé ce trait du Matoran, il n'eut aucune difficulté à déchiffrer le code. Orkahm avait remplacé les lettres par des chiffres, mais ne s'était pas cassé la tête pour le rendre complexe.

Une fois le message déchiffré, Matau découvrit trois inscriptions, toutes datées de la veille.

« Disque caché.

A. veut le disque.

Secteur 3 du terminal. »

Il se cache au fin fond du secteur 3, réalisa Matau. *Il est soit idiot soit complètement affolé. Probablement les deux.*

Matau sauta dans un toboggan qui se dirigeait vers le nord-est. Le secteur 3 se trouvait de l'autre côté d'un des grands canaux de protodermis en provenance de Ta-Metru. Il était réputé pour le nombre incroyable de pannes de toboggans qui s'y étaient produites. On les avait attribuées à une série de facteurs, du vice de fabrication à la malchance, jusqu'à ce que les équipes de réparation dépêchées sur place se mettent à disparaître. C'était alors que les rumeurs avaient commencé à circuler quant au rôle de la Morbuzakh dans les difficultés que connaissait le metru. Depuis ce temps, toutes les équipes de réparation ne se déplaçaient qu'avec une escorte de Vahki. Malgré cela, les Vahki revenaient souvent seuls. Et comme ils étaient incapables de parler, ils ne pouvaient pas expliquer ce qui s'était passé.

Si Orkahm cherchait un endroit où se cacher, il en a

choisi un très dangereux, songea Matau. *À moins qu'il ne connaisse-sache quelque chose que j'ignore.*

Matau sauta du toboggan à une station située à la périphérie du secteur. L'endroit n'avait pas encore été abandonné. On apercevait encore beaucoup de conducteurs et d'autres Matoran, qui y travaillaient dur. Mais tout le monde se déplaçait très rapidement, jetant des coups d'œil méfiants aux alentours. Ce n'étaient ni Turaga Dume ni les Vahki qui régnaient sur ce secteur de Metrui Nui. C'était la peur.

L'apparition soudaine d'un Toa attira l'attention des Le-Matoran. Ils se rassemblèrent autour de Matau, lui posant des questions, admirant son armure et déclarant que maintenant qu'il était là, tout irait bien. Matau s'amusait tellement qu'il faillit oublier la raison de sa présence là.

Il fut brusquement ramené à la réalité lorsqu'un directeur des transports s'avança et lui demanda s'il cherchait Orkahm.

— Oui, répondit Matau. Mais comment le savez-vous?

— Il est venu-passé par ici en courant, il y a un instant. Il a dit qu'il était peut-être suivi et que, si quelqu'un posait des questions, nous ne devions pas dire où il était parti.

— Alors, pourquoi me le dites-vous? Non que je m'en plaigne, bien sûr, dit Matau.

— Parce que vous êtes un Toa, répliqua le directeur des transports. J'ai vu des Toa, il y a très longtemps, mais je n'en avais jamais rencontré. En revanche, je connais les légendes – comment les Toa sont ici pour nous protéger et assurer notre sécurité. Mais je ne crois pas qu'Orkahm soit en sécurité, en ce moment. Qu'en pensez-vous?

Orkahm avait emprunté un toboggan inutilisé depuis longtemps, qui pénétrait encore plus profondément au cœur du secteur 3. Matau allait l'y suivre lorsqu'il remarqua qu'on avait gravé quelque chose dans le protodermis de l'une des traverses de soutien, au-dessous du toboggan.

Matau s'agenouilla pour regarder de plus près. Les marques avaient été faites récemment, au moyen d'un instrument court et pointu. L'outil avait laissé des traces de poussière de protodermis, mais la poussière ne provenait pas de la traverse. On aurait dit plutôt de la poussière de Po-Metru. Un seul mot avait été gravé : PEWKU.

Matau relut le mot pour s'assurer qu'il ne se trompait pas. Dans d'autres circonstances, il aurait pensé qu'un Matoran avait simplement voulu s'amuser à laisser sa marque sur un toboggan. Il était arrivé à Matau de faire la même chose par le passé, comme des centaines d'autres Matoran.

Mais il ne s'agissait pas d'une plaisanterie – c'était un message. Pewku était le nom du crabe Ussal préféré d'Orkahm, celui qu'il avait toujours conduit, d'aussi loin que s'en souvînt Matau. Mais le Toa doutait qu'Orkahm eût pris le temps de graver ce nom dans la traverse.

Alors, c'est quelqu'un d'autre, se dit-il. *Serait-ce un code-signe?*

Sans hésiter, Matau sauta dans le toboggan pour suivre la trace du Matoran disparu.

Plus on avançait dans ce secteur de Le-Metru, plus les édifices, les toboggans et les câbles semblaient être rapprochés. Ici, les habitants livraient une bataille perdue d'avance contre la Morbuzakh. Il était évident que même les Vahki ne s'aventuraient pas aussi loin, car Matau avait aperçu au moins deux nids d'insectes Nui-Rama sur des toits. Normalement, les insectes auraient été capturés avec des filets et envoyés aux Archives depuis belle lurette.

Matau vit que le toboggan changeait brusquement de direction devant lui. Pour un œil exercé comme le sien, il était évident que le toboggan n'avait pas été construit ainsi. Quelqu'un l'avait fait dévier, mais n'avait pas très bien fait son travail. Néanmoins, le cylindre d'énergie tint bon lorsque Matau tourna le coin à toute allure et fut propulsé en l'air.

Oui, bien sûr! Un toboggan mal réparé, l'extrémité sectionnée-coupée... Rien de surprenant là-dedans.

Le Toa atterrit violemment sur un nid de câbles de transport entremêlés. Ces câbles servaient à alimenter les toboggans et les stations de toboggans de protodermis énergisé. Ils étaient aussi idéals pour se balancer. Matau se demandait comment il pourrait arriver à les démêler lorsqu'il aperçut quelque chose au centre du nid de câbles. On aurait dit une proie dans la toile d'araignée d'un Fikou.

C'était Orkahm!

— Conducteur! dit Matau. Comment es-tu tombé dans ce piège-traquenard?

— Je n'y suis pas tombé! Quelqu'un m'a amené ici! répliqua le Matoran. Maintenant, je t'en prie, sors-moi de là!

Matau passa rapidement à l'action, démêlant les câbles, tout en prenant soin de ne pas les resserrer autour d'Orkahm. Lorsqu'il eut terminé, le Matoran lui tomba pratiquement dans les bras.

— Que s'est-il passé? demanda Matau. Et où se trouve le Grand disque?

— Il n'est pas ici, murmura Orkahm, d'une voix qui trahissait sa fatigue. J'aimerais bien l'avoir avec moi et pouvoir te le donner tout de suite. Il m'a causé tellement d'ennuis. Depuis que je l'ai trouvé, j'ai été suivi par deux créatures, l'une énorme, et l'autre, une bête à quatre pattes, sans parler d'Ahkmou qui n'arrête pas de m'en parler. Puis j'ai reçu ce message.

Il tendit une petite plaque à Matau.

« Le disque que vous avez trouvé est vital pour la sécurité de la cité. Apportez-le au secteur 3 du terminal et prenez le toboggan marqué », lut le Toa.

— Mais tu n'as pas apporté le disque, fit remarquer Matau.

— J'ai pensé que ce pouvait être un piège, dit Orkahm. On voulait probablement me suivre jusqu'à l'endroit où il était caché. J'avais à peine mis les pieds ici que ces câbles se sont enroulés autour de moi. J'ai entendu une voix déclarer que quelqu'un viendrait bientôt me parler. Mais personne ne s'est montré jusqu'à ce que tu arrives, Matau.

— Tu sais qui je suis? demanda le Toa, surpris.

— Bien sûr! Tu es le seul qui soit assez fou-casse-cou pour venir me chercher dans cet endroit. Tu étais un véritable danger public sur la route, et tu le seras probablement aussi comme Toa. Mais merci quand même de ton aide.

Pour la première fois de sa vie, Matau ne trouva rien à répondre. C'était d'ailleurs mieux ainsi parce que, s'il avait parlé, il n'aurait pas pu entendre le bruit ressemblant à un glissement parmi les câbles. À peine eut-il posé les yeux sur l'enchevêtrement de câbles, qu'il vit trois sarments de la Morbuzakh se frayer un chemin dans leur direction.

— Il faut filer d'ici au plus vite! cria-t-il.

Orkahm avait aussi vu les sarments de vigne et reculait déjà.

— Comment? s'inquiéta-t-il. Le toboggan ne va que dans une direction et, de toute façon, il est trop haut pour qu'on l'atteigne. Nous sommes pris au piège!

— Un héros Toa n'est jamais pris au piège! déclara Matau, s'efforçant d'adopter le ton d'un Toa Metru, tel qu'il se l'imaginait. Accroche-toi! cria-t-il en saisissant Orkahm, tandis que ses lames aéro-tranchantes se mettaient à tourner dans son dos.

Avec Orkahm dans ses bras, Matau eut de la difficulté à décoller, mais il réussit à s'élever juste à temps. Les sarments s'enroulèrent autour des traverses de toboggan et rampèrent dans la direction des fuyards, mais Matau volait déjà trop haut et trop vite pour que la plante pût les attraper.

— Comment savais-tu que ça allait fonctionner? demanda Orkahm.

— Je suis un héros Toa, déclara Matau. C'est ce que nous faisons.

Il était préférable de ne pas révéler à Orkahm qu'il ignorait totalement si la manœuvre allait fonctionner et qu'il avait simplement pris un risque.

C'est probablement ça, être un héros Toa, songea-t-il pendant qu'il survolait Le-Metru. *Prendre des risques lorsqu'il le faut. Se charger des missions que personne d'autre ne peut remplir.*

Il amorça brusquement un virage et se dirigea vers le centre du metru. *Je crois que je vais y prendre goût,* se dit-il en souriant.

Onewa, le Toa de la pierre, courait le plus vite qu'il pouvait à travers la Carrière aux sculptures de Po-Metru, ce qui n'était malheureusement pas très vite. Son nouveau corps était conçu pour la force, et non pour la course.

— J'ai besoin d'un Masque de la vitesse, marmonna-t-il. Si un Toa de la pierre doit accomplir ce genre de mission, il a besoin de tous les outils possibles.

Onewa repoussa de son esprit la pensée des masques. Il ne savait pas quel Masque de puissance il portait, et n'en connaissait pas les pouvoirs, ni le fonctionnement. Il espérait finir par le découvrir, mais, pour l'instant, il n'y avait pas lieu de s'en préoccuper. Onewa avait une mission à accomplir; aussi, malgré les douleurs qu'il ressentait dans ses jambes et les clignotements rapides de son cœur, il continua à courir.

La Carrière aux sculptures abritait des centaines de statues, la plupart étant trop volumineuses pour entrer même dans le plus vaste entrepôt de Po-Metru. La cible d'Onewa était une œuvre d'art en particulier, celle sur laquelle un Matoran nommé Ahkmou était assis.

— Salut, Onewa, cria le Matoran. Qu'est-ce qui est le plus difficile à reprendre lorsqu'on court très vite?

— Son souffle! répondit Onewa en lui jetant un regard furieux. Tu peux faire mieux que ça, Ahkmou!

— Allez, dépêche-toi. Descends-moi d'ici! répliqua le Matoran. Tu en es capable, j'imagine.

— Ne bouge pas, fit Onewa. J'arrive.

En courant, le Toa de la pierre se remémora les péripéties qui l'avaient mené jusque-là. Il s'était d'abord arrêté chez Ahkmou, mais le Matoran ne s'y trouvait pas. Le plancher était jonché de sculptures, et des meubles avaient été renversés. Onewa avait craint qu'Ahkmou n'eût été kidnappé.

Aucun signe de lui non plus à son lieu de travail. Les autres sculpteurs lui avaient dit que leur collègue s'était montré nerveux ces derniers temps, en particulier après qu'il avait reçu la visite de deux inconnus. L'un était une créature à quatre pattes et l'autre, un géant, et ils ne semblaient pas avoir apporté de bonnes nouvelles.

La description correspondait à celle de la créature que le chasseur Vakama avait prétendu avoir vue, mais personne ne semblait connaître l'identité de la brute qui l'accompagnait. Réfléchissant à tout cela, Onewa avait ouvert le bureau de sculpteur d'Akhmou. À l'intérieur gisait un tas d'objets. Onewa avait reconnu non seulement les outils de sculpteur de Po-Metru, mais aussi du matériel de Ta-Metru, des cartes de Le-Metru, et divers objets provenant d'autres quartiers de la cité. Il n'y avait rien d'illégal à avoir ces objets en sa possession, mais pourquoi un sculpteur de Po-Metru en aurait-il besoin?

Ça ne veut sans doute rien dire, avait pensé Onewa. *Les deux inconnus étaient peut-être une nouvelle sorte de Vahki que Turaga Dume a pris à son service. Les objets pourraient être des souvenirs quelconques. Quelles sont les chances pour qu'Ahkmou ait un Grand disque et qu'il n'en ait pas déjà parlé à tout le monde? Je ne pense pas que Vakama a eu une « vision ». Il a dû imaginer toutes ces choses.*

Mais il restait encore des questions sans réponse. Par la suite, en se rendant à la Carrière aux sculptures, Onewa avait trouvé une carte de la carrière que quelqu'un avait cachée. Un endroit y avait été marqué, et c'était précisément là où se trouvait maintenant Ahkmou. Qui avait voulu qu'il vienne jusqu'ici? Et pourquoi?

Onewa atteignit la base de la statue, très loin du haut sommet. Prenant une profonde respiration, il planta ses deux nouveaux outils, appelés des protopitons, dans la pierre et commença à escalader.

Ahkmou se pencha et l'observa.

— Alors comment as-tu fait ça? demanda-t-il. Dis-moi la vérité.

— Comment est-ce que j'ai fait quoi?

— Comment as-tu pris l'apparence d'un Toa?

— Je n'en ai pas que l'apparence, coupa Onewa. Je *suis* un Toa!

— Ah bon, murmura Ahkmou, si bas qu'Onewa l'entendit à peine. Je vois. Tu dois être l'un des six, alors. Et tu me cherchais? C'est pour ça que tu es venu jusqu'ici?

Onewa grimpa un peu plus haut sur le côté de la statue.

— Oui. Je suis venu ici parce qu'un cracheur de feu qui s'était tenu trop longtemps près de sa forge m'a dit que je le devais. Il a dit que tu avais un Grand disque Kanoka.

Ahkmou secoua la tête.

— Je ne sais rien à ce sujet-là. Je ne suis qu'un sculpteur.

Avec un dernier effort, Onewa se hissa jusqu'au

sommet de la statue. Il s'étendit un moment, haletant, avant de lever les yeux sur le Matoran.

— Alors comment es-tu parvenu jusqu'ici? demanda-t-il à Ahkmou.

Celui-ci se leva et recula de quelques pas. Il avait l'air nerveux tout à coup.

— Je… euh… je suis simplement monté pour…

Il écarquilla soudain les yeux.

— Nidhiki! s'exclama-t-il.

Onewa se retourna juste à temps pour entrevoir, dans la carrière, en bas, la silhouette d'une créature à quatre pattes, qui disparut aussitôt derrière une statue.

— Qui est cette… commença-t-il, se tournant vers Ahkmou.

Mais le Matoran avait disparu. Onewa se pencha et vit Ahkmou qui redescendait à toute vitesse, en se servant d'une série de crampons plantés dans la statue.

— Hé! Reviens! cria le Toa, mais Ahkmou sautait déjà d'une statue à l'autre, en direction de la sortie de la carrière.

Onewa poussa un grognement de frustration et s'élança à la poursuite du Matoran. Il venait à peine d'entamer la descente qu'il remarqua une inscription qu'on avait gravée au sommet de la statue. PO-METRU TOBOGGAN 445, lut-il.

Très bien, Ahkmou, se dit le Toa de la pierre. *Je ne suis peut-être pas aussi rapide que toi, mais maintenant je sais où tu t'en vas.*

Onewa était persuadé d'une chose. Il allait avoir plus de difficulté à sortir de la Carrière aux sculptures qu'il en avait eu à y entrer. Le sol qu'il devait fouler pour atteindre la sortie était instable, la terre ayant été labouré pendant des années pour recycler le protodermis. La moitié des statues s'enfonçaient et les autres avaient déjà disparu dans le sol marécageux. Normalement, il suffisait de sauter d'une sculpture à l'autre pour atteindre la sortie en toute sécurité.

Onewa fit une pause à mi-hauteur de l'échelle improvisée et commença à faire tourner l'un de ses proto-pitons.

— Les Toa ne sautillent pas, dit-il. Pas quand ils peuvent s'y prendre autrement.

Comme s'il avait fait cela depuis une éternité, Onewa lança le piton en direction d'une autre statue. Le bord pointu de l'outil mordit la pierre et s'y accrocha. Après l'avoir testé en tirant quelques coups, Onewa sauta des crampons d'escalade et s'élança dans les airs.

Il décrivit un grand arc autour de la sculpture, tout en préparant son autre piton. Une fois l'arc achevé,

Onewa lança le second piton et le regarda s'accrocher à une autre sculpture.

— Touché! siffla-t-il. Pourquoi utiliserais-je des toboggans? C'est ainsi qu'un Toa doit se déplacer!

Ahkmou se fraya un chemin dans la foule compacte, à la station de toboggans 445. C'était la station la plus fréquentée de tout Po-Metru, car elle était reliée à tous les autres quartiers. La traverser était un véritable cauchemar. Ahkmou savait que c'était probablement pour cette raison qu'on lui avait donné rendez-vous ici. Dans cette foule, tout pouvait arriver, et personne ne s'apercevrait de rien.

Eh bien, ce Matoran-ci n'a pas du tout l'intention de disparaître mystérieusement, se dit-il. *Je vais attraper le prochain toboggan et les laisser me retrouver.*

Pendant qu'il se dirigeait vers le toboggan qui menait à Ta-Metru, Ahkmou eut un petit pincement de cœur. Il aurait espéré mettre la main sur le Grand disque de Po-Metru avant de partir. Mais lorsque Toa Onewa était apparu, Ahkmou avait tout de suite compris qu'il était préférable de courir.

— Au moins, j'ai pu semer cette grosse tête de koli, grommela-t-il.

Puis il jeta un coup d'œil derrière lui pour s'assurer

qu'Onewa ne le suivait pas.

— Qui voudrait faire un Toa de lui? Je ne peux pas...

Cherchant toujours Onewa dans la foule, Ahkmou heurta deux piliers de plein fouet et s'écroula par terre. Lentement, il se rassit et se brossa les bras. S'apprêtant à maugréer contre les idiots qui avaient installé des piliers en plein milieu d'une station de toboggans, il remarqua une chose troublante.

Ce n'étaient pas des piliers qu'il avait heurtés. C'étaient des jambes.

Des jambes de Toa Metru.

Lorsque Ahkmou leva les yeux, il vit le visage souriant d'Onewa.

— Tu vas quelque part? demanda le Toa.

— Je... je retourne tout simplement au travail, bégaya Ahkmou. Je ne peux... euh... je ne peux quand même pas passer toute la journée assis sur une statue.

— C'est drôle, répliqua Onewa, montrant de la main le toboggan le plus proche. Je ne savais pas qu'on avait déménagé ton établi de sculpteur à Ta-Metru.

Le Toa se baissa et attrapa doucement Ahkmou, le soulevant dans les airs.

— Bon, on recommence? dit-il. Bonjour, Ahkmou. Où t'en vas-tu? Pourquoi quelqu'un a-t-il laissé une note pour toi au sommet de la statue? Et où est le Grand disque?

— Je ne sais pas de quoi tu parles! Pose-moi par terre! cria Ahkmou.

Onewa aperçut un Vahki qui s'approchait pour voir ce qui se passait. La foule laissa passer l'agent du maintien de l'ordre. Onewa songea à prendre la fuite avec le Matoran, mais un mouvement brusque de sa part provoquerait sans nul doute une poursuite et il n'avait pas de temps à perdre.

Pour sa part, Ahkmou n'avait pas remarqué le Vahki. Son attention était rivée sur Nidhiki, qui était apparu soudainement et observait le spectacle d'un coin retiré de la station, en souriant méchamment. Le Matoran se demanda lequel des deux il devrait choisir, le Toa furieux ou un chasseur souriant à quatre pattes? Il se rendit compte qu'il n'avait pas vraiment le choix.

— D'accord, je vais te proposer un marché, dit-il rapidement à Onewa. Je t'aiderai à trouver le Grand disque, mais nous devons partir sur-le-champ, compris? Immédiatement!

Onewa jeta un coup d'œil au Vahki, qui se trouvait encore à bonne distance. Lorsqu'il regarda furtivement dans l'autre direction pour s'assurer que la voie était libre, il aperçut Nidhiki qui se cachait dans l'ombre. Les yeux du Toa se plissèrent à la vue de la créature.

— Bien sûr, Ahkmou, répondit doucement Onewa. Je comprends.

— L'un d'entre eux ment.

Les paroles de Vakama étaient dures, mais il les avait dites d'un ton très doux. Les Toa étaient assis à l'ombre du Grand temple, faisant chacun le récit de leurs aventures. Lorsqu'ils eurent terminé, ils n'avaient pas besoin d'une vision pour savoir que quelque chose clochait.

— Qu'as-tu murmuré-marmonné, cracheur de feu? demanda Matau.

Vakama jeta un coup d'œil aux six Matoran, qui se tenaient debout, un peu plus loin, visiblement mal à l'aise.

— C'est seulement que... Pensez à ce qui s'est produit. Nous sommes partis à recherche des six Matoran et tous avaient disparu. On leur avait tendu un piège et on leur avait promis ce qu'ils désiraient le plus, en échange d'un Grand disque. Puis nous avons tous eu des « accidents » et avons été victimes d'actes de sabotage. De toute évidence, quelqu'un voulait nous empêcher de les retrouver.

— Tu penses qu'un des Matoran a trahi les autres?

demanda Nuju. Et ce monstre à quatre pattes et son ami? Tu ne penses pas qu'ils ont quelque chose à voir là-dedans?

Vakama hésita. Nokama se pencha vers lui.

— Vas-y, Vakama, l'encouragea-t-elle. Parle.

— J'ai déjà vu la créature à quatre pattes, dit doucement Vakama. Son pouvoir et sa rage étaient... effrayants. Je ne pense pas qu'il aurait utilisé des méthodes aussi compliquées que celles-là pour tromper les Matoran. Il les aurait tout simplement attrapés.

— Mais lequel est un traître? demanda Nokama. Ils savaient tous où se trouvait un Grand disque. Chacun avait une raison de détester l'un de nous. Et puis nous avons beaucoup trop d'indices : des notes d'Ahkmou à Vhisola, des notes de Vhisola à Tehutti, des outils de Ta-Metru, des cartes du réseau de toboggans de Le-Metru. Par où doit-on commencer?

— Tu parles de ce qu'ils ont en commun, Nokama, dit Whenua. Lorsqu'un archiviste essaie de résoudre un mystère du passé, il cherche au contraire ce qui ne va pas avec le reste. Qu'est-ce qui est différent chez l'un d'entre eux?

Nuju fronça les sourcils.

— Les vieilles méthodes ne résoudront pas cette

énigme, historien.

— Non, Whenua a raison, répliqua Nokama. Par exemple, chacun des Matoran nous a reconnus en tant que Toa Metru. Quelqu'un a dû leur dire que nous nous étions métamorphosés. Mais aucun d'eux n'a parlé de six Toa, n'est-ce pas? Chacun des Matoran ne semblait connaître l'existence que du Toa de son propre metru. Donc, peut-être que...

— Tu te trompes, coupa Onewa. Je ne l'avais pas mentionné parce que je ne pensais pas que c'était important. Mais, lorsque j'ai parlé à Ahkmou au sommet de la sculpture, il a murmuré quelque chose d'étrange. Il a dit : « Tu dois être l'un des six. » Et il avait l'air de connaître notre ami à quatre pattes. Il l'a même appelé par son nom – Nidhiki.

Tous les yeux se tournèrent vers le Po-Matoran, qui se tenait éloigné des autres.

— D'après ce que tu dis, Onewa, Ahkmou est le seul des six à avoir menti lorsque tu lui as demandé s'il connaissait l'emplacement d'un des Grands disques, dit Nuju. Tous les autres se sont carrément vantés de le savoir.

— Le nom d'Ahkmou était mentionné dans la note à Vhisola, déclara Nokama.

— Il y avait de la poussière de protodermis de Po-

Metru près des commandes des cuves qui avaient été sabotées, dit Vakama.

— De plus, Ahkmou a interrogé Ehrye à propos des Grands disques, ajouta Nuju.

— Orkahm a dit qu'Ahkmou voulait-désirait son disque à tout prix, fit remarquer Matau.

— Et Ahkmou en savait suffisamment sur les Nui-Jaga, pour se servir de cette idée dans le but d'attirer Tehutti aux Archives, conclut Whenua.

Un long silence pénible s'installa, qui fut finalement rompu par Nokama.

— Pensez-vous que…? Pourquoi aurait-il fait ça?

— Eh bien, allons le lui demander, suggéra Onewa en se levant. Ensuite, nous le mènerons aux Vahki.

— Non! s'exclama Vakama. Nous ne devons pas faire ça!

— Cracheur de feu, j'en ai assez de t'entendre donner des ordres, grogna Onewa en s'approchant du Toa du feu. Qui t'a élu chef? Peut-être qu'il est temps de découvrir ce qui est le plus puissant, le feu ou la pierre!

Nokama se leva et se plaça entre les deux Toa.

— Arrêtez! Metru Nui est en danger. Ce n'est pas le moment de vous battre!

— Si tu avais autre chose que de la pierre dans le

crâne, sculpteur, tu comprendrais, dit Whenua. Même si Ahkmou est un traître, il est encore le seul à savoir où est caché le disque de Po-Metru. Nous avons besoin de lui. Mais si tu ne penses pas être capable de garder un œil sur lui, eh bien, je…

— Écoute, archiviste poussiéreux, c'est moi qui l'ai trouvé et je suis capable de veiller à ce qu'il se tienne tranquille! coupa Onewa. Du moins, jusqu'à ce que j'aie mis la main sur le Grand disque.

— Notre travail ne fait que commencer, déclara Nokama. Si Ahkmou a trahi Metru Nui, il constitue un danger pour nous tous, au même titre que ce Nidhiki. Ils sont peut-être complices, ou peut-être pas, mais nous devons nous méfier d'eux.

— Ou peut-être qu'ils doivent se méfier de nous, répliqua Onewa.

— Nokama a raison, déclara Vakama. Nous devons trouver les Grands disques avant qu'il soit trop tard. Et nous devons aussi surveiller tous ces Matoran. La Morbuzakh n'est pas notre seul ennemi.

Leur conversation fut interrompue par l'horrible craquement produit par une structure de protodermis se brisant en deux. Se tournant, ils virent des sarments de la Morbuzakh soulever les ruines d'un petit temple de Ga-Metru et les jeter à la mer.

— Comme si nous avions besoin d'un autre ennemi que celui-là, soupira Onewa. Allons-y. Nous avons des disques à trouver et une très mauvaise herbe à arracher par les racines.

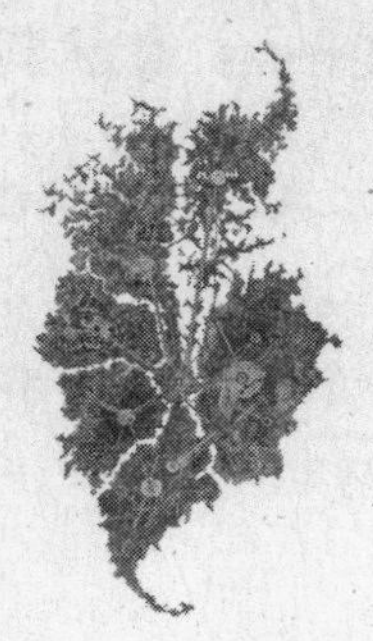

ÉPILOGUE

Turaga Vakama s'interrompit. Les souvenirs de ses jours comme Toa Metru le remplissaient d'émotion. Il avait souvent pensé qu'il n'aurait peut-être jamais l'occasion de raconter les légendes de Metru Nui et du combat mené pour sauver la cité. Maintenant que les mots coulaient à flots de sa bouche, il trouvait cela presque trop difficile à supporter. Toa Lhikan... les forges de Ta-Metru... sa vie en tant que Toa... Tout cela s'était passé il y avait si longtemps.

— L'histoire ne peut pas se terminer ainsi, dit Takanuva, le Toa de la lumière. Je veux dire, il s'est passé bien d'autres choses, non?

— Tu as été chroniqueur avant d'être un Toa, Takanuva, répondit Turaga Vakama en souriant. Cet esprit de synthèse vit encore en toi. Tu cherches toujours à savoir ce qui se cache vraiment derrière les apparences. Mais tu as raison, ce n'est que le début de mon récit.

— Avez-vous trouvé les Grands disques? demanda Takanuva. Avez-vous réussi à vaincre la Morbuzakh? Il faut que nous sachions!

— Tu le sauras, répondit Vakama. Mais je suis las et il y a encore tellement de travail à faire. Je poursuivrai mon récit demain. Tu sauras bientôt pourquoi nous nous sommes battus si fort pour Metru Nui – et pourquoi nous avons été contraints de partir. Dans sa sagesse, Mata Nui nous a amenés dans cette île magnifique qui porte son nom. Mais Metru Nui demeurera toujours notre mère patrie.

— Très bien, alors, dit Gali, Toa Nuva de l'eau. Nous allons vous laisser maintenant, ô grand sage. J'ai besoin de m'entretenir longuement avec Turaga Nokama, et je suis sûr que mes frères ont des idées semblables en tête.

— En effet, ajouta doucement Kopaka, Toa Nuva de la glace. On a gardé trop de secrets sur cette île.

Les Toa Nuva sortirent en file, puis partirent dans des directions différentes. Seul Takanuva resta en compagnie du Turaga du feu.

— Qu'est-ce qui te préoccupe, Toa? demanda Vakama. Mon récit n'a-t-il pas répondu à tes attentes?

— Ce n'est pas ça, répliqua Takanuva. J'ai été Matoran et maintenant je suis un Toa, et pourtant, je ne me souviens plus de cette cité de Metru Nui! Pourquoi?

— Tu apprendras tout cela en temps voulu. Nous aurions sans doute dû vous faire ce récit il y a très longtemps, mais nous avons pensé qu'il serait cruel de vous rappeler cette mère patrie que vous ne reverrez peut-être jamais.

— C'était sans doute plus sage, répondit Takanuva en hochant la tête. Mais dites-moi, lorsque vous viviez à Metru Nui – est-ce que c'était merveilleux?

— Merveilleux… et terrible, répondit le Turaga. Je crains que, lorsque j'aurai terminé mon récit, les Toa auront appris le véritable sens du mot ténèbres.